文春文庫

わかれ道の先

藍千堂菓子噺

田牧大和

文藝春秋

わかれ道の先　藍千堂菓子噺

目次

この作品は「文春文庫」のために書き下ろされたものです。

DTP制作　エヴリ・シンク

主な登場人物

藍千堂
晴太郎――気弱だけれど心優しい菓子職人で藍千堂の主。
幸次郎――晴太郎の弟。キレ者で藍千堂を仕切る番頭。
茂市――晴太郎と幸次郎の父の片腕だった菓子職人。
佐菜――娘のさちと二人暮らしだったが、晴太郎に嫁いだ。
さち――佐菜の連れ子。訳あって五歳で晴太郎の実の娘ということに。

清右衛門――江戸でも屈指の上菓子屋、百瀬屋の二代目。晴太郎兄弟の叔父。
お糸――清右衛門の娘で、晴太郎兄弟の従妹。幸次郎に思いを寄せる。
尋吉（千尋）――百瀬屋の手代。
お早（千早）――百瀬屋の女中。尋吉の双子の妹。
伊勢屋総左衛門――薬種問屋の主。晴太郎兄弟の父の親友。
岡丈五郎――南町定廻同心。藍千堂の焼き立ての金鍔が大好物。

扉絵　鈴木ゆかり

わかれ道の先

藍千堂菓子噺

序　総左衛門《そうざえもん》の小さな綻《ほころ》び

重陽《ちょうよう》の節句《せっく》を控えた秋の盛り。

神田佐久間町《かんださくまちょう》二丁目、和泉橋《いずみばし》の東向かいに店を構える大店《おおだな》、薬種問屋《やくしゅどんや》『伊勢屋《いせや》』は、ざわついていた。

主《あるじ》の総左衛門は界隈《かいわい》の顔役《かおやく》を務めている切れ者で、どこか京の香りのする典雅《てんが》な所作《しょさ》と、大店の主らしい静かな威厳《いげん》で、ほっそりと小柄な体をひと回り大きく見せている。

静けさと落ち着きを好む主の下《もと》、奉公人達《ほうこうにん》は、明るさと愛想の良さを備えながら、穏やかで品よく立ちまわり、北、西、南の三方《さんぽう》が往来に面している広々とした店は、常に掃除が行き届き、清々しい薬の匂いが漂う。

そんな風に、主も奉公人も、抜かりのない店だから、ざわつくと言っても、客や出入りの商人《あきんど》が気づくほどの騒ぎではない。

奉公人達の密《ひそ》やかな遣《や》り取りが、いつもよりほんの少し長かったり、束の間見交わす視線が、気遣《きづか》わし気で意味あり気であったり、それほどのことである。

とはいえ、総左衛門不在の折でも、しっかりと『伊勢屋』を取り仕切っている物知りの番頭《ばんとう》までが、そこに加わっているのだから、普段隙のない『伊勢屋』にとっては、大事《おおごと》だ。

贔屓客《ひいききゃく》に招かれた茶会に出かけようとしていた総左衛門を、古株《ふるかぶ》の女中《じょちゅう》、おせんが落ち着き払った様子で呼び止めた。

「旦那様《だんなさま》。今日のお召《め》し物でしたら、紙入れはこちらがよろしゅうございましょう」

ああ、という様子で、総左衛門が振り向く。

おせんが差し出したのは、楊梅色《やまももいろ》――渋みの効いた明るい茶の紙入れで、菊花《きっか》の織模様が浮かぶ品だ。

総左衛門の装い、渋く落ち着いた錆利茶《さびりちゃ》の小袖《こそで》、共《とも》の羽織によく映える。

「そうだね。ありがとう」

総左衛門が取り換えようと、懐《ふところ》から出した藍《あい》の紙入れを見た奉公人が、揃って動きを止めた。

揺るぎない筈の自分達の主に、小さいけれどはっきりとした綻びを、見た気がしたのだ。

それは奉公人皆が確かに見慣れている紙入れで、総左衛門の気に入りだと、承知もしている。

これが、他の人間であれば、誰も気に留めなかっただろう。

だが、洒落者《しゃれもの》の総左衛門となれば、話は別である。

頃は秋の盛り、重陽も近い。紙入れとはいえ、茶色の装いに茶色を合わせず、菊を外すなど、総左衛門らしくない。

何より、ほんの刹那《せつな》ではあったが、一斉に動きを止めた奉公人達の不始末《ふしまつ》に気づかない主なぞ、誰も見たことがない。

上辺《うわべ》を取り繕《つくろ》い、すまし顔で「いってらっしゃいませ」と主を送り出した後、「番頭さん」と、おせんがそっと声を掛けた。

番頭が小さく頷《うなず》いて、応じる。

「夏之助《なつのすけ》さんに、いらして頂こう」

一話

遺された菓子帳と「三度目の阿米弁糖《アメンドウ》——アーモンド——」

「折り入って、お頼みしたいことがあり、お邪魔致しました」

思いつめた顔で切り出した、『伊勢屋《いせや》』跡取《あとと》りの夏之助《なつのすけ》を見て、『藍千堂《あいせんどう》』の晴太郎《はるたろう》と茂市《もいち》、偶々《たまたま》店にいた幸次郎《こうじろう》は、互いの顔を見合わせた。

『藍千堂』は、神田相生町《かんだあいおいちょう》の片隅《かたすみ》にある小さな菓子司《かしつかさ》だ。

小さな、と言ってもその評判は上々で、味は飛び切り、見た目も美しく、茶席《ちゃせき》で出される誂《あつら》え菓子は「茶を引き立てながら、菓子自体に驚きがある」と喜ばれ、進物《しんもつ》菓子は『藍千堂』謹製《きんせい》であれば間違いないと重宝《ちょうほう》されている。

値《ね》の張る菓子ばかりが売りではない。

季節や節句《せっく》ごとに売り出す値頃《ねごろ》な菓子は、「たまの贅沢」として楽しみにされているし、主《あるじ》たっての望みで時折扱う四文菓子《よんもんがし》は、子供の「お八《や》つ」には勿論《もちろん》、大人の気安い茶うけにも人気だ。

店の後《うし》ろ盾《だて》となるのは、薬種問屋《やくしゅどんや》『伊勢屋』、熱心な贔屓客《ひいききゃく》でもある幕閣《ばっかく》の大物達。なまじな大店《おおだな》では太刀打《たちう》ちができない。

晴太郎は、『藍千堂』の主にして菓子職人《かししょくにん》。歳三十一、女房《にょうぼう》も娘もいる一端《いっぱし》の男だが、童顔で優し気な佇《たたず》まいのせいか、若くも、頼りなくも見られがちだ。

見た目通り、菓子づくりに関わりのないことは、今ひとつ肝《きも》が据《す》わり切らないというか、弱気で危なっかしい。

そんな菓子莫迦《ばか》の兄を支えるのが、二歳《ふたつ》下の弟、幸次郎である。

商《あきな》い、客あしらいはお手のもの、気難しい客から物慣《ものな》れない客まで、真摯《しんし》に向き合い、巧《たく》みに菓子を売る。

風変わりな菓子、本来《ほんらい》菓子司は扱わない四文菓子、兄の晴太郎の思い付きや我儘《わがまま》ともとれる望みから生まれた菓子を、文句を言いつつ工夫を凝らして売り捌《さば》く、兄莫迦でもある。

堂々とした押し出しで男前《おとこまえ》、ともすれば店主《てんしゅ》、兄弟の兄の方と間違われることもある。

店のもうひとりの職人は、茂市という。

晴太郎、幸次郎兄弟の父の下で働き、兄弟のことは産まれた時から知っている男だ。

菓子づくりの腕《うで》は飛び切りだが、寂しがり屋で、泣き上戸《じょうご》、笑い上戸。兄弟が生家《せいか》の『百瀬屋《ももせや》』を追い出された時には、ひとりで営《いとな》んでいた店——今の『藍千堂』だ——を兄弟に譲り渡しもした。

それは、主や跡取りへの忠心《ちゅうしん》から、というよりは、「昔のように、わいわい賑《にぎ》やかに店をやりたい」という想いが強かったのだろうことを、今では兄弟も察している。

『百瀬屋』の嫌がらせを受けたり、今は晴太郎の女房《にょうぼう》となっている佐菜《さな》と娘のさちを、離縁《りえん》された亭主《ていしゅ》から助けたり。そのほかにも、菓子に纏《まつ》わる大小様々な騒動を、自ら引き起こしたり巻き込まれたり。

そんな山も谷も乗り越え、『藍千堂《みせ》』を守ってきたせいで、それなりに肚《はら》が据わっている三人が、束の間だったが揃って戸惑った。

『藍千堂』を訪ねて来た夏之助は、『伊勢屋』の跡取りだが、総左衛門《そうざえもん》の実の息子ではない。

総左衛門の内儀《ないぎ》、お静《しず》は晴太郎が幼い頃に病でこの世を去り、総左衛門は後妻《のちぞえ》は迎えないと決めているようだ。遠縁《とおえん》から養子《ようし》を取り、跡を継がせるつもりであることを、随《ずい》分《ぶん》前に聞かされている。

その養子が夏之助で、相模国《さがみのくに》は鎌倉《かまくら》、東慶寺《とうけいじ》門前《もんぜん》の宿屋の三男坊だ。

この夏、養子に入る前の跡取り修業《しゅぎょう》で『伊勢屋』に来ていた折《おり》、さちが世話《せわ》になった。

正式に『伊勢屋』へ入るのは、年が明けてからと聞いていたが、丁度、重陽《ちょうよう》の節句――九月九日に『伊勢屋』へ再びやって来たのだという。

どうやら、『伊勢屋』の番頭が急ぎ夏之助を呼んだらしいとは、『伊勢屋』との行き来が多い幸次郎の話だ。

総左衛門に何かあったのではないかと、肝を冷やしたが、店にも主にも取り立てて変わったことはないようだった。

それから、重陽の節句に合わせて売り出す「光琳菊《こうりんぎく》」――同じ名の、菊を簡素にした模様《もよう》を添えた薯蕷饅頭《じょうよまんじゅう》のことだ――づくりだの、晩秋《ばんしゅう》、晴れの多い季節に決まって増える野点《のだて》の菓子づくりだので、総左衛門や『伊勢屋』のことは気にかかりながらも、忙しさに取り紛《まぎ》れてしまっていたのだ。

節句も過ぎ、ようやく忙しさが落ち着き、総左衛門や夏之助はどうしているだろうか、と思い出していたところへ、何やら思いつめた顔の夏之助が訪ねてきた。

これは何か、厄介なことが『伊勢屋』で起きているのかもしれない。

幸次郎と茂市の顔つきからして、二人とも同じようなことを考えたようだ。

九日、幸次郎が「光琳菊」を届けに行った折は、総左衛門は元気で『伊勢屋』も変わらぬ繁盛《はんじょう》ぶりだったはずだけれど。

こういう時に口火を切るのは、決まって幸次郎だ。

穏やかな笑みで、軽く問う。

「夏之助さんは、このまま『伊勢屋』さんにお入りに」

夏之助は、困った様に笑んで、

「さあ、どうでしょうか」

と、言葉を濁《にご》した。

思いもよらぬ応《いら》えに、幸次郎が珍しく言葉を詰まらせた。

「それは一体、どういう――」

その先を、晴太郎は読んだ。

まさか、養子の話が立ち消えになったのだろうか。

夏に来た時には、夏之助は総左衛門とは実《じつ》の親子のように仲が良く、奉公人達とも上手くやっているように見えた。

さちも、あっという間に懐いて、夏之助が江戸へ再び出てくるのを、楽しみにしていたのだ。

ああ、でも。

先だって、夏之助が来ていると聞き、さちが大喜びで会いたがった。

佐菜が「もう少し、夏之助さんや『伊勢屋』さんが落ち着いてからね」と、さちを宥《なだ》めると、さちはあっさり「分かった」と頷《うなず》いた。

さちは、普段から聞き分けがいい。だが、今から思えば、あの時はいつも以上に聞き分けが良かったような気がする。察しのいいさちが、大人達の常ならぬ気配を感じ取ったのかもしれない。

例えば、夏之助の生家が、養子の話を断ってきた。

それで、なんとか思い留まって貰えないかと、『伊勢屋』で夏之助を呼び出した――。

「兄さん」

苦い声で幸次郎に呼ばれ、晴太郎は我に返った。

夏からこちらの、晴太郎の悪い癖《くせ》が出てしまった。

さちの「父親《てておや》」に纏わる込み入った胸の裡《うち》や、義父の自分と『藍千堂』に対して、さちが抱《いだ》いていた負い目のようなものを、晴太郎は察してやれなかった。その悔いから、つい、物事の裏を読もうと、考えを巡らせてしまうのだ。

ただ、慣れないことはせぬに限る、というもので、考えの筋道は、大概があさっての方へ向かう。

うほん、とぎこちない空咳《からせき》で誤魔化《ごまか》し、夏之助に向き合う。

我ながら、硬い笑みなのは、分かっていた。

夏之助は、はっとした顔で、ひらひらと両の掌をはためかせた。

「ああ、養子に入らない、という訳じゃあないんです。一度、鎌倉へ戻るかこのまま江戸へ残るか、まだはっきりしない、というだけで」

ばつの悪さそのままに、晴太郎は、へらりと笑って応じた。

「あ、ああ、そうですか。そいつは、よかった」

夏之助が、はにかんだように笑みを返す。

「よかった、と言って頂けて、嬉しいです」

落ち着き払った幸次郎が、すかさず言い添える。

「『伊勢屋』さんは、いい跡取りを得られたと、私達は思っていますよ。界隈《かいわい》でも評判です。これで『伊勢屋』さんも安泰だって」

「も、もう、そのくらいで」

褒《ほ》められたのが、かえって居《い》た堪《たま》れないらしい夏之助が、微笑ましい。

ほっとした拍子に、するりと口から問いが出た。

「それで、私達に訊きたいこととは、なんでしょう」

照れていた面をきゅ、と引き締め、夏之助が持ってきたものを、晴太郎達へ押し出した。

両掌《りょうて》にどうにか収まるほどの巾着《きんちゃく》が三つ、どれも口いっぱいまで中身が詰まっている。

「これなんです。唐物《からもの》の三盆白《さんぼんじろ》と一緒に、届きました」

三盆白とは、一番質のいい白砂糖のことだ。

『藍千堂』では、こくのある讃岐《さぬき》物と唐物を使い分けていて、どちらも飛び切りのものを、『伊勢屋』から仕入れている。

唐物の三盆白と共に届いたということは、巾着の中身も唐渡《からわた》りか。

「中を見ても」

晴太郎の問い掛けに、夏之助が「はい、勿論」と答える。

巾着の口を開けて手に取った中身を、晴太郎はしげしげと見つめた。

木の実か、あるいは果物の種だろうか。

形は、長細い雫《しずく》で、少し平たい。長さは一寸から一寸半くらい。

栗の渋皮を一段赤く、明るくしたような肌《はだ》に、細い縦の線が入っている。

夏之助に断り、ひとつ摘まみ上げると、よく乾いていて、見た目よりも少し軽い。

幸次郎が、そして少し離れたところから遠慮がちに茂市が、晴太郎の手にしたものを覗《のぞ》き込む。

「何でしょう」

幸次郎の呟《つぶや》きに、夏之助が答えた。

「父は、巴旦杏《はたんきょう》だと、言っていました」

ああ、と晴太郎は笑った。

「それじゃあ、これが阿米弁糖《アメンドウ》ですか。初めて見る」

三対の目が、一斉に晴太郎を見た。

「これ」のことをもっと詳しく知りたい、と促されたと感じた晴太郎は、言葉を続けた。

「『阿米弁糖』は南蛮《なんばん》の、『巴旦杏』は唐から伝わった呼び方だね。暖かい異国《いこく》生まれの木の実、というか、種の中身、仁《さね》の部分だよ。杏《あんず》の仁、杏仁《きょうにん》と同じようなものだね。見た目は杏仁を長細くした感じ、なるほど、その通りだ。花は桜によく似ていて、実は苦いけど、仁は苦い種類と甘い種類があって、苦い方は咳止めの薬になる。甘い方が阿米弁糖で、南蛮では、炒《い》ったものをそのまま食べたり、菓子に使ったりするそうだ。甘いから果物の代わりにもなる。これは綺麗に炒って水気《みずけ》を飛ばしてあるけれど、どっちだろう。薬種問屋の『伊勢屋』さんが仕入れたのだから薬にする苦い方。いや、三盆白と一緒に来たのなら、甘い方かな」

晴太郎は、阿米弁糖を眺《なが》めながら、うきうきと語っていたが、誰も相槌《あいづち》ひとつ打たないことに気づいて、視線を上げた。

狐《きつね》に抓《つま》まれた顔をした男が三人、じっとこちらを見つめている。

「な、何」

軽く身体を反《そ》らして、訊《き》く。

茂市が、ぎこちなく口を開いた。

「よく、御存じで」

我に返った様子の幸次郎が続く。

「兄さんが、菓子以外のことでそこまで詳しく語るのを、初めて聞きました。本草《ほんぞう》の学者並ですね」

　人を、菓子莫迦のように言うな。

言いたかったが、確かに菓子莫迦《そのとおり》だと、すんでで止めた。

　晴太郎が、むっつりと言い返す。

「昔、お父《と》っつあんから借りた食べ物の書《しょ》にあったのを覚えてるんだよ。甘いのなら菓子に使えそうだなって、ほんの少し調べもした。手に入りそうにないから、諦めたけど」

　幸次郎が、合点《がてん》がいった、という顔で頷いた。

「なるほど、やはり、菓子に繋がっていましたか」

　幸次郎。せめて客人《きゃくじん》の前では、兄を「菓子莫迦」扱《あつか》いしないでおくれ。

　晴太郎の口に出さないぼやきを押し退けるように、夏之助がまくし立てた。

「それは、何という書ですか。今、お手許《てもと》には。なんとか巴旦杏、ええと、阿米弁糖でしたか。これを菓子にしていただくことは、できませんか」

「え、ええと、書は、確か『本朝食鑑《ほんちょうしょっかん》』だったかな。手許には、その」

　晴太郎は言い淀《よど》んで、幸次郎をそっと見た。

　生家を追い出された時、晴太郎は身ひとつで、後を追ってきた幸次郎が、辛うじて父の菓子づくりの覚書《おぼえがき》を一冊持ち出してくれたのみ。父が集めていた菓子や食べ物に関する沢山の書や、父が手掛けた菓子を記した菓子帳は、全て『百瀬屋』にある。

父の形見《かたみ》が、息子の手にないことを夏之助が知れば、畢竟《ひっきょう》、どうして、という話になるだろう。

『百瀬屋』と『藍千堂』、いわばこちらの身内の諍《いさか》いを、『伊勢屋』へ養子に入る前の夏之助の耳に入れてもいいものか、晴太郎は迷った。

幸次郎が、兄の目配せに答える代わりに、やんわりと夏之助を宥めてくれた。

「少し、落ち着きましょうか」

夏之助は、恥じ入った様に俯《うつむ》いた。

「騒いでしまって、申し訳ありません」

「新しい菓子を思いついた時の兄は、もっと賑やかですよ」

「菓子莫迦」扱いに続き、酷《ひど》い言われように、異を唱えたいのは山々だが、ここは幸次郎の邪魔をしない方がいい。

晴太郎は、息と共に不平を呑み込んだ。

「そうなんですか」と応じ、少し笑った夏之助を見て、幸次郎が話を戻した。

「阿米弁糖、いえ、『伊勢屋』さんでは巴旦杏と呼ぶのでしたか。これは、普段から仕入れておいでなのですか。兄が言うように、咳止めとして」

夏之助は、すっかり落ち着いた様子で答えた。

「店では、阿米弁糖で通っているのかと思います。聞きなれない言葉に私が訊き返して、義父《ちち》が巴旦杏と言い直してくれたので。巴旦杏を咳止めに使うのは、主に南蛮の国で、唐やこちらでは杏仁が多いんです。ああ、これは番頭さん、じゃなかった、番頭の受け売りですが」

夏之助は、表向きの話し方を覚えている最中《さなか》のようだ。

晴太郎も、店先で総左衛門のことを「小父《おじ》さん」と呼ぶ度に、叱られたものだ。

『伊勢屋』の番頭の話では、総左衛門が「甘みが強い、炒り方も上等な、いい阿米弁糖があったら三盆白と共に」と、唐物の仕入れ先に頼んだそうだ。なかなかいい品が出ないようで、『伊勢屋』へ入ったのは、今ここにあるものを入れて三度。一度目は、まだ総左衛門は『伊勢屋』の若旦那《わかだんな》で、晴太郎兄弟の父、先代清右衛門《せいえもん》が『百瀬屋』を日本《にほん》橋室町《ばしむろまち》へ移して間もない頃だったのだという。

晴太郎と幸次郎の生まれる前だ。

阿米弁糖を『伊勢屋』で仕入れることになった日のことを、番頭はよく覚えていた。

――手前がまだ、手代《てだい》だった頃の昔話でございます。先代の清右衛門さんが、目をきらきらさせて、店へ飛び込んでこられましてねぇ。食べ物の書とやらを若旦那、今の旦那様に見せて、『この阿米弁糖という奴を、菓子に使ってみたい』と。いつも楽しそうなお人でしたが、その時は取り分け、楽しそうで。一方の若旦那は、渋い顰《しか》め面《つら》をなさってましてねぇ。『商いの邪魔をするな』だの『落ち着きがない、やかましい』だの、一言も仰らなかった。あの頃、先代の旦那様は身体を壊しておいでで、商いや店の差配は若旦那が一手に引き受けていらっしゃいましたから、珍しい渡来《とらい》ものを、菓子屋ひとつに卸す分だけの商いが、大層厄介な割に大した儲けにはならないことは、十分分かっておいでのはずでしたのに。

清右衛門さんに、散々小言《さんざんこごと》を言ってましたよ。それでも若旦那は「無理だ」とは、一言も

いでのはずでしたのに。

そうだろうなあ、と晴太郎は頷く。

渡来ものは御禁制《ごきんせい》とされている品も少なくない。

そうでなくても、海を渡るのだから、嵐に船をやられたり、海賊《かいぞく》に襲われたり。食べ物ならば、届いた時には傷《いた》んでいた、ということもある。

幸次郎が、晴太郎の胸の裡を読んだように、呟いた。

「なるほど、それで三盆白と一緒なんですね」

他の、頻繁に運ぶ品のついでにすれば、少しは手間も金子《きんす》も省けるだろう。

ふと気づいた様子で、弟が問う。

「三度目が、これ。では二度目は、いつなのでしょう」

夏之助が、束《つか》の間迷う風に黙って、静かに答えた。

「『伊勢屋《うち》』に届いたのが、先代清右衛門さんの弔《とむら》いの最中だったそうです」

茂市の喉《のど》が、ぐ、と小さな音を立てた。

幸次郎が軽く目を伏《ふ》せて、「そうですか」と夏之助に応じた。

晴太郎は、手にしていた阿米弁糖ひと粒《つぶ》を、握り締めた。

重たく、切ない静けさが、四人の間に落ちた。

口を開いたのは、幸次郎だ。

「夏之助さんは、手前共と『百瀬屋』の因縁を、ご存知でしょうか」

夏之助が、「その」と小さく口ごもり、すぐに答えた。

「はい。番頭から先代清右衛門さんと阿米弁糖の話を聞いた時、一緒に。すみません」

幸次郎が、穏やかに笑う。

「詫《わ》びて頂くことは、何もありませんよ。先代清右衛門の息子が、『百瀬屋』を継いでいないんですから。聞かずとも、大体の見当はおつきでしょう。番頭さんもそう考えたからこそ、夏之助さんの耳に入れられたのかと」

夏之助が、ほっとした風で、少し寂《さび》し気《げ》に、幸次郎に笑みを返した。

「義父は、遠い目をして、これは阿米弁糖、巴旦杏だと教えてくれたきり、何も言ってくれませんでした。見かねた番頭が、私も知っておいた方がいいだろうから、と」

阿米弁糖を仕入れた経緯《いきさつ》、先代清右衛門と総左衛門の仲の良さを聞かされ、阿米弁糖が総左衛門を元気付けるきっかけにできれば、と、先代清右衛門の息子である晴太郎と幸次郎に知恵を借りに来たのだと、夏之助は続けた。

幸次郎が、狼狽《うろた》えた。

「ちょっと待ってください。伊勢屋の小父さんに、何かあったんですか」

夏之助の顔が、曇る。

「番頭が言うには、この夏の初め辺りから、義父の様子が妙なんだそうです。確かに、会ってみると元気がないというか、心ここにあらずというか、上の空というか」

夏の初めと言えば、さちが「父親」のことで、悩んでいた頃だ。実の父親のことを、晴太郎と佐菜に代わって、さちに話してくれたのが総左衛門だった。

自らの口で、いずれはと考えていたが、いずれでは済まぬほど、さちは思いつめていた。

一方の晴太郎と佐菜は、どう伝えていいのか、どこまで伝えればいいのか、腹が決まっていなかった。

情けないと、晴太郎は心底自分が厭《いや》になった。

茂市や幸次郎、病の父に代わって『百瀬屋』を切り盛りしている従妹《いとこ》のお糸《いと》は、それぞれ、

『途方に暮れた時、誰かの手を借りることも大事でごぜぇやすよ』

『あの時、おさちは思いつめていたし、兄さん夫婦は狼狽えていましたから、伊勢屋の

小父さんに頼ったのは、一番いい手だったと思います』

『当人同士で話すより、間に誰か入って貰った方が、上手く伝わるということもあるわよ』

と慰《なぐさ》めてくれたが、あの情けなさを、晴太郎は恐らく一生忘れないだろう。

佐菜は、仕方ないと思う。

ずっとさちの実の父親——南町奉行所《みなみまちぶぎょうしょ》で年番方与力《ねんばんかたよりき》を務めていた鎧坂竜之介《よろいざかりゅうのすけ》に怯《おび》え、逃げ暮らしていた。

さちに打ち明けるどころか、口にするのも、未だ恐ろしいはずだ。

そんな二人を、何があっても必ず守ると、晴太郎は覚悟をしている。

けれど、そこに「親」としての覚悟もあったのかと訊かれると、今更ながら、自分は甘かったのだと、思うしかない。

情けない親もどきに代わって、さちと話をしてくれたのが、総左衛門だ。

晴太郎のように、綺麗事で誤魔化《ごまか》して真実を避けることもなく、噂好きの連中のように、不用意な言葉で傷つけることもなく、ただ静かに誠実に、さちにも分かるように伝えてくれた。

あの時の総左衛門は、頭の天辺《てっぺん》から足の先まで、いつもの「隙の無い『伊勢屋』主」であったはずだ。

それから、何があったのだろうか。

茫然《ぼうぜん》と、幸次郎が呟いた。

「ちっとも、気づきませんでした」

夏之助も頷いた。

「私も、奉公人達に言われ、気を付けて義父の様子を窺っていなければ、気づかなかったと思います」

誰かに悟られるほどの隙を、総左衛門は何があろうと、見せない。

ただ、常に共にいる奉公人達は、気づいた。

最初《はじめ》は、預かっていたさちが『藍千堂』に戻ってしまったのが、寂しいのだろうと、思っていたそうだ。

だが、いつまで経っても、主の様子はおかしいまま。

むしろ、少しずつ、心ここにあらず、なのが分かりやすくなってきた。

そして重陽の節句の少し前、季節とも装いとも合わせていない紙入れを持って出かけようとした姿に、番頭とおせんが、只事《ただごと》ではないと感じた。

そうして、助けを求められた夏之助が鎌倉から出てきた、ということらしい。

「小父さんが、寂しがることなんて、あるんですね」

呟いた幸次郎は、すっかり総左衛門を「小父さん」と呼んでいる。

声を荒《あら》らげたり、口汚《くちぎたな》く罵《ののし》ったり、手を上げたりすることは全くない総左衛門だが、その教えは厳しく、叱る言葉には容赦がない。『藍千堂』を始めて暫く、不甲斐《ふがい》ない主振りを散々咎《とが》められてきたので、晴太郎は未だに総左衛門のことが、少し苦手だ。

一方の幸次郎は、総左衛門の厳しさを頼もしいと感じているようで、総左衛門との仲は、晴太郎に比べて近しい。

だから、幸次郎は心配なのだろう。

晴太郎とて、総左衛門を心配していない訳では決してないが、人に厳しく、自らにはそれ以上に厳しい総左衛門を間近に見てきた弟だからこその、心配だし慌てぶりでもあるのだろう。

幸次郎は、思いつめたように俯き、呟いた。

「おさちがうちに戻って寂しかったのなら、おさちに『伊勢屋』さんへ行って小父さんと過ごして貰う、という手も」

ちょっと、待て。

晴太郎は、慌てた。

「幸次郎。俺や佐菜、それに当のおさち抜きで、勝手に決めないでおくれ。茂市《もい》っつぁんだって、座ったまま腰を抜かしてるじゃないか」

幸次郎が、我《われ》に返った顔をして、次いで青くなって詫びた。

「私は、なんてことを――。ですが、決して勝手に決めるつもりだった訳ではなく、おさちが小父さん、いえ、伊勢屋さんの慰めになればと、思いついただけなんです。いえ、でも、確かに軽々しいにもほどがある物言《ものい》いでした。申し訳ありません。おさちにも、義姉《ねえ》さんにも、面目《めんぼく》が立たない。それに、よしんば、兄さんと義姉さん、おさちが『うん』と言ったとしても、おさちを預ける名分《めいぶん》が思いつきません。生半可《なまはんか》なこじつけでは、伊勢屋さんに見抜かれてしまうでしょう。何より、伊勢屋さんの代わりに、茂市っつぁんがどうにかなってしまう。先ほどの話は、忘れて下さい」

「いや、その、幸坊《こうぼっ》ちゃま」

茂市が済まなそうに幸次郎を呼ぶが、「あっしは大丈夫です」と言わないあたり、自分でも「どうにかなってしまう」と危ぶんでいるのだろう。

現に、この夏、少しの間さちを『伊勢屋』へ預けた時の、茂市の萎《しお》れようといったら、なかった。

それでも恐らく、さちのためだと、堪《こら》えていたのだろう。

とんだ爺莫迦《じじばか》である。

夏之助が、苦し気に口を開いた。

「夏、おさっちゃんが『伊勢屋《うち》』に来た時、大きな悩みを抱えていたと聞いています。

義父と話し、家へ戻って吹っ切れたようだ、とも。経緯を知らない私から見ても、随分と思いつめている風に見えました。そんなおさっちゃんを、たとえ近所だろうと、御身内と離すようなことはできません。私が——。私が、義父を元気付けられれば、良かったんです。そのために呼ばれたのですから」

晴太郎は、夏之助を慰めた。

「夏之助さんだけが、背負うことではありませんよ。小父さんの元気がない訳が、本当に『寂しい』からだとは限らないでしょう」

むしろ、もし晴太郎が寂しくて菓子づくりに身が入らないとなったら、いち早く叱ってきそうな人だ。

そうですね、と呟いた夏之助の顔つきは、変わらず思いつめていて、ちっとも「そうですね」とは思っていないように、見えた。

「それでも」

夏之助が続ける。

「先代清右衛門さんとの懐かしい想い出に触れれば、たとえ元気のない訳が他にあっても、少しは心が晴れると思うんです。番頭さんが、言ったんです。とても、楽しそうだった、と。いつ手に入るかも、どれくらいの量が入るかも、分からない。いくらの値が付けられているのかも分からない。菓子司だって、薬種問屋だって、そんな品は商いに使い様がない。それでも、お二人は、とても楽しそうだった。文句を言って言われて、初めて阿米弁糖が届いた時には、菓子のつくり方まで二人で話したりして、とても楽しそうだった、と」

再び『伊勢屋』の番頭に「さん」を付けて呼んだ物言いは、歳よりも少しだけ幼く、頼りなく見えた。

楽しそうな総左衛門は、どんな顔をしていたのだろう。

友に叱られている父は、どんな笑みを浮かべていたのだろう。

二人は初めて阿米弁糖を見た時、どんな風に瞳を輝かせたのだろう。

懐かしさと寂しさ、切なさ、そして少しの羨ましさで、晴太郎の胸は詰まった。

自分がもっと早く、一人前の職人になっていたら。

お父っつあんが、今も生きてくれていたら。

自分も入れた三人で、あれこれ言い合えたのだろうか。

きっと今、自分も夏之助と同じような、頼りない顔をしているはずだ。

「夏之助さん。この阿米弁糖を使う許しは、得ておいでですか」

幸次郎の静かな問いに、晴太郎は物想いから引き戻された。

夏之助が、淀みなく答える。

「はい。義父からは『好きにしなさい』と。そう言った義父の顔が、哀しそうに見えたんです。阿米弁糖をきちんと確かめることも、しませんでした」

総左衛門は、ひとりで阿米弁糖を見たくなかったのかもしれない。

晴太郎は、総左衛門の胸の裡に想いを馳《は》せた。

楽しかった、初めての阿米弁糖。

友、清右衛門を喪《な》くした時に届いた阿米弁糖は、見る暇《いとま》さえなかっただろう。

三度《こんど》目の阿米弁糖は、どんな思いを総左衛門にもたらしたのだろうか。

いい想い出に触れた嬉しさか、友を喪《うしな》った哀しみか。

阿米弁糖《これ》がきっかけで、楽しかった日々さえ、哀しみに染めてしまってはいないか。

ふと、晴太郎の胸に、この春のほろ苦い仕事が過った。

土佐《とさ》の出の想い人の為に故郷《ふるさと》の味を、という注文でつくった「かすていら」。

あれは、よくできたと思う。

注文客も喜んでくれた。

けれど、肝心の客――口にした人に、「食べなければよかった」と泣かれてしまった。

想い出の味に似すぎていて辛い、故郷が恋しくて、辛い、と。

あの時、幸次郎に諭《さと》された。

注文通りの菓子をつくる。菓子屋ができるのは、そこまでだ。その先、客がどう感じ、どう動くかは、菓子屋が口を出すことではない。

その通りだと、晴太郎も頭では分かっている。

あの時のことには、さちの邪気《じゃき》のない慰めのお蔭で、自分なりに折り合いを付けたつもりでもいる。

でも、どんな理屈も心意気も通り越して、時折未だに、晴太郎の心を、直《じか》にえぐるのだ。

「食べなければよかった」の言葉が。

総左衛門は、どう感じるのだろう。

父との楽しかった想い出の阿米弁糖を使った菓子を見て。

「そんな顔をしないでください、兄さん」

幸次郎の困ったような呼びかけに、晴太郎は俯いていた顔を上げた。

幸次郎が、頼もしい笑みを浮かべている。

「兄さんの心配は分かりますが、小父さんは、そんなやわではありません」

「分かっちゃ、いるんだけどね」

兄弟の遣り取りに、夏之助が、「あの」と割って入った。

ああ、と幸次郎が頷き、夏之助に晴太郎の胸の裡を伝える。

「兄は、阿米弁糖の菓子で、小父さんの寂しさが余計に募るのではないかと、案じているんです」

夏之助は、晴太郎に揃えるように、しょんぼりと項垂《うなだ》れた。

「私も、それは考えました」

でも、と顔を上げて続ける。

「店の者は皆、心配しています。義父が総領息子《そうりょうむすこ》だった頃から知っている番頭さんが、それは嬉しそうに『お楽しそうでした』と言ったんです。だから、その時の想い出に触れれば、きっと元気を取り戻して――」

話すうちに、声が高く、早口になっていく夏之助を、幸次郎が諭した。

「分かっていますから、落ち着いて」

晴太郎は、そっと夏之助の様子を窺った。

夏に初めて会った時は、歳に似合わぬ落ち着きと敏さに驚き、生来の明るさと人懐こさを眩《まぶ》しく思ったものだ。

だが今の夏之助は、酷く追い詰められていて、焦りのせいか、歳よりも幼くさえ見える。

幸次郎が、細く長い溜息《ためいき》をひとつ、晴太郎に向き直った。

「兄さん。これが『伊勢屋』さんではない、例えばどこかのご贔屓からの誂え菓子だったとして、阿米弁糖を使った菓子は、つくれそうですか」

晴太郎の中で、小さな音がして、菓子職人としての歯車が回り出した。

「阿米弁糖の味も何も分からないからね。まだどう使えばいいのか、思い浮かばないなあ。やってみたくは、あるけれど」

答えた晴太郎に、幸次郎はいい笑顔で訊ねた。目が笑っていないように見えるのは、きっと気のせいだ。

「おや。いつになく弱気ですね。阿米弁糖のことは、随分お詳しかったではありませんか。私はまた、阿米弁糖で良からぬ菓子企みを、こっそりしていたのかと思ったのですが」

今まで静かだった茂市が、ぶふ、と堪え損ねた笑いを吐き出した。

むう、と晴太郎は口を尖らせた。

「人聞きの悪いことを、言わないでおくれ。大体、なんだい、その菓子企みってのは」

まあ、分かるけど、とは、腹の中の呟きのみに収めておく。

幸次郎は、疑わしい、という目つきで晴太郎を見据えている。

晴太郎は、軽く肩を落として、打ち明けた。

「今度は、本当に違うったら」

今度は、とつけてしまう辺り、自分で自分が、一寸《ちょつと》だけ情けない。

「『本朝食鑑』は、『百瀬屋』にいた時に、読んだんだよ。阿米弁糖のとこだけ」

幸次郎が、眉根を寄せて訊いた。

「阿米弁糖だけ、ですか」

晴太郎は、うん、と頷いて続けた。

あれは、父を喪くす一年前の秋だった。

「お父っつあんが、楽しそうに紅葉《もみじ》の葉を挟んでいたのを見かけて、気になったんだよ。それで、あとから何を見ていたのかな、と。でも、『百瀬屋《みせ》』のどこを探しても阿米弁糖らしきものは見つからないし。お父っつあんが手掛けてる様子もなかった。だから、それきりだ」

「なるほど」

得心《とくしん》したような相槌に、晴太郎がほっとしたのもつかの間、幸次郎は言った。

「つまり、阿米弁糖を手にしていたら、やっていたという訳ですね」

何を、と訊き返さなかったのは、辛抱《しんぼう》か、図星《ずぼし》か。我ながら、はっきりしない。

「茂市っつあん、笑いすぎ」

むっつりと咎めれば、茂市は苦しそうに「め、面目次第も、ごぜぇや、せ」と、詫びてきた。

「兄さん。茂市っつあんに八つ当たりをしないように」

ぴしゃりと弟に叱られ、晴太郎は口を尖らせた。

気づけば、思いつめた様子だった夏之助まで、笑いを堪えているではないか。

色々得心はいかないが、夏之助の気持ちがほぐれたのなら、よかった。

幸次郎が、夏之助と晴太郎を見比べながら切り出す。

「ともかく、小父さんがどう感じるかは置いておいて、夏之助さんからの誂え菓子ご注文ということで、つくってみてはいかがでしょう」

晴太郎は、返事が出来なかった。

なんだか、逃げているような気がしたのだ。

総左衛門の身内も同様である自分から、菓子職人の自分へと。

幸次郎が、穏やかに続ける。

「小父さんの為に何かしたい。それは、夏之助さんも兄さんも、同じです」

総左衛門の為に菓子をつくる。逃げるのではなく。

そんな風に、考えていいのだろうか。

弟は、兄に答えるように、からりと笑った。

「いいじゃあありませんか。後のことは出来上がってから考えれば。小父さんに要らない、見たくないと言われたら、私達で買い取って、味わってしまいましょう。ねぇ、夏之助さん、茂市っつぁん」

晴太郎は、ゆっくりと肩の力を抜いた。

夏之助が、ふにゃりと笑った。

茂市が、目尻の皺《しわ》を深くして「そういたしやしょう」と応じた。

心が浮き立つのを、晴太郎は止められなかった。

書で読んだだけの、唐渡りの材料。

お父っつあんも、使おうとした阿米弁糖。

まだ、何も思い付きはしないけれど、これで菓子をつくる。

楽しみではない訳が、ないではないか。

まったく、我が弟は兄を乗せるのが巧《うま》い。

晴太郎は、夏之助に訊いた。

「夏之助さん、それでいいですか」

夏之助が、迷いなく頷く。

「はい。是非、お願いします。ただ義父が要らないと言っても、お代はお支払いしますので、私にも味見をさせて下さい」

幸次郎が、飛び切りの商いの笑みで頭を下げた。

「御贔屓いただき、有難う存じます」

『藍千堂』からほど近く、晴太郎親子三人と幸次郎、茂市で住まう一軒家は、西の家と呼んでいる。

昨年の春、皆で越してきてから、佐菜が少しずつ手を入れてくれた庭は、可愛らしくも華やかになった。

冬の水仙《すいせん》、元々植えられていた南天《なんてん》に濃い桃色の山茶花《さざんか》。春は桜草《さくらそう》の薄紅《うすべに》色、黄色い胡菜《あぶらな》はお浸《ひた》しでも楽しませて貰った。雪柳《ゆきやなぎ》や躑躅《つつじ》は涼し気に白く、沢山《たくさん》採れた茄子《なす》は、優しい紫色の花をつけるのだと、初めて知った。

今は、様々な色の小菊が咲き乱れていて、さちと友達のおとみの「ままごと遊び」にも使われている。

そんな庭を望める縁側《えんがわ》付きの居間《いま》で、晴太郎達は額を寄せるようにして、車座で集まっていた。

夏之助が『藍千堂』を訪ねた夜のことだ。

闇に沈んだ庭から、ころころ、りりり、と密やかな秋の虫の声が聞こえている。

晴太郎の左隣には茂市、向かいにさちを膝に乗せた幸次郎。右隣には、少し遠慮がちな佐菜がいる。

嫁入りした当初、佐菜は晴太郎達の菓子の話に加わることを遠慮していた。

晴太郎も、少し寂しいと思いながら、無理強《むりじ》いするのもよくないと、口出しはしなかった。

『藍千堂』の味は分かっていて欲しいと、さちと一緒に菓子を食べて貰うことは、譲らなかったけれど。

佐菜が変わり出したのは、さちが総領娘として店と菓子に深く関わるようになってからだ。母親が、娘の言っていることが分からないのは良くない、と感じたことが切っ掛けだったようだ。

晴太郎達の話にさりげなく耳を傾けたり。

さちから菓子づくりの話を聞き出したり。

大切な恋女房のほんの小さな変わり振りに、晴太郎が気づかない筈がない。

一気に「こちら」へ引き入れたくなるのを、ぐっと堪え、贔屓先に幸次郎が持って行って注文を取る菓子帳の画《え》を、頼んでみた。

かつては絵師として生計《たつき》を立てていた佐菜の腕前は確かなもので、晴太郎は「本物の菓子より旨そうだ」と思うし、幸次郎の客先回りにもより一層力が入った。

今は、さちと菓子づくりの話に花を咲かせているし、どう思うかと訊ねれば、佐菜なりの考えを聞かせてくれる。

佐菜の、菓子司から一歩引いた目での捉《とら》え方、絵師ならではの色合いや色の取り合わせの感性には、晴太郎も学ぶところが多い。

そうして、車座の真ん中に置いた阿米弁糖の巾着を、皆で揃って見つめている、という訳である。

晴太郎のすぐ斜め後ろに置いた行燈《あんどん》の光が、三つの赤い縮緬《ちりめん》の巾着を、ゆらゆらと薄暗く照らしている。

晴太郎は、巾着をひとつ取って、中の阿米弁糖を数粒、皿に出した。

さちが、身を乗り出し過ぎて、幸次郎の膝から落ちそうになる。

佐菜が、少し浮き立った声で呟いた。

「これが、阿米弁糖というものですか」

「まずは、味を確かめようか」

言って、晴太郎は一粒ずつ、皆に渡した。

茂市が、匂いを嗅いでいる。

さちが目を輝かせて訊いた。

「とと様。このまま食べられるの」

「よく炒ってあるから、そのまま食べていいそうだけど、ちょっと待って」

天下の『伊勢屋』が仕入れたものだ。味も含め、口にしても心配はない品なのだろう。

とはいえ、万にひとつ、ということもある。

晴太郎は、味を見たくてうずうずしているさちを留め、細長い雫の形をした小さな実を、半分のところで、齧ってみた。

かりり、と乾いた音がした。

思ったより、硬い。

縦に筋の入った赤茶色の皮は、思った以上に薄く、栗の渋皮《しぶかわ》と違い、癖もえぐ味もない。

初めに、炒っただけではない香ばしさが鼻へ抜けた。噛み締めると、ほんのりした甘みがじんわりと口の中に広がる。

少し、油気《あぶらけ》があるだろうか。

うん、と頷いたのを待っていたように、さちが、続いて茂市と幸次郎が、更に少し間を置いて、佐菜が阿米弁糖を口に入れた。

茂市が目を細めて、味を確かめている。

さちは、楽しそうに、かりかりと音を立てて、歯触りを楽しんでいる。

幸次郎と佐菜が感じているのは、「珍しいものを食べた」驚きと戸惑い、というところだろうか。

茂市が、食べ終わった後の余韻《よいん》までしっかり確かめてから、呟いた。

「こいつは、菓子に合いそうでごぜぇやすね」

「でも、難しい」

応じた晴太郎に、茂市が「へぇ」と賛意を表す。

幸次郎も、難しい顔だ。

「炒り大豆とも、違った味わいですね。砂糖や小豆《あずき》と、合うかどうか」

「油っ気も、気になりやす」

まったく二人の言う通りで、今のところ、何と合わせればいいのか、さっぱり思いつかない。

晴太郎は、目の前の巾着を眺めた。

「色々試してみるほど、量があるわけじゃあないしね」

頭の中で、かなりはっきりした「画」を描いてからではないと、手は付けられない。

それに――。

「今回は、俺の思い付きだけでつくっていいものでもないし」

茂市が頷く。

「伊勢屋さんに『懐かしい』と思って頂けなきゃあ、いけやせんね」

せめて、初めの阿米弁糖で、父がどんな菓子を試していたのかが分かれば。

晴太郎が考え込んでいると、幸次郎が、腹を決めた顔で切り出した。

「『百瀬屋』さんに、菓子帳を見せて貰えるよう、頼んでみませんか」

茂市が眼を瞠《みは》る。

晴太郎は、首を横へ振った。

「それは、卑怯《ひきょう》な手だ。お糸も困らせる」

「お糸は、困ったりしませんよ」

「だろうね。お糸はずっと俺達の味方だった。でも、お糸の気持ちに甘える訳にはいかない」

幸次郎が、何か言いかけて、唇を噛んだ。

晴太郎は、軽く笑うことで、硬い静けさを追い払った。

「色々、考えてみるよ。菓子帳がなくたって、お父っつあんならどうしたかは、見当がつくから。ねぇ、茂市っつあん」

茂市は、静かに「へぇ。勿論でさ」と頷いてくれた。

正直、雲を摑むような話だ。難しい菓子づくりになると、百も承知だろう。

「佐菜もおさちも、何か思いついたら、助けておくれ」

頼もしい女房は全て呑み込んだ笑みで、「はい、お前様」と応じ、愛娘は、既に夢中で何かを思案している顔をしている。

幸次郎だけが、思いつめた目で、皿に出した阿米弁糖を睨みつけていた。

＊

幸次郎は、「贔屓客のご機嫌伺いに行ってくる」と偽って、『藍千堂』を出た。

夏之助から阿米弁糖を預かって、六日。

晴太郎も茂市も、阿米弁糖の菓子づくりに手を付けられずにいる。

話している様子では、二人ともまったく思いつかない、という訳ではないようだ。

佐菜《あね》からは、「皮の檜皮色《ひわだ》を活かしてみてはどうか」と、さちからは「歯ざわりが、とっても好き」と、聞かされている。

それでも、腕利きの職人が二人とも、試作に踏み切れないのは、父、先代清右衛門と総左衛門が、どんな遣り取りをしていたのか、分からないでいるからだ。

阿米弁糖の量が、心許ないことも、痛い。

そうしている間に、総左衛門の様子も、いよいよ放っておけなくなってきていた。

幸次郎は夏之助から話を聞いてから日に一度、『伊勢屋』へ様子を見に行っている。

番頭や、古株女中のおせんから話を聞いてもみたが、件《くだん》の「紙入れ騒動」からこちら、目立った失態はないようだ。

総左衛門当人も、気が抜けていたことに気づいたのか、元通りに戻ったとも見受けられる。

けれど、総左衛門の寂し気な佇まいは、むしろはっきり見えるようになってしまった。

この夏、跡取り修業で夏之助が『伊勢屋』へ来た時、総左衛門は楽しそうで、装いも若々しくなった。

だからこそ、番頭とおせんは夏之助を鎌倉から呼んだのだ。

──夏之助さんの明るさに触れれば、きっと旦那様は元気を取り戻してくださる。

と。

なのに総左衛門は、夏之助が来てからも寂しそうで、考え込んでいることもしばしば。

役に立てないと夏之助まで意気消沈してしまい、番頭を始めとした奉公人達は気が気ではないようだ。

いや、と幸次郎は思う。

あの様子は、考え込んでいるというより、何か覚悟を決めたような。

そもそも、『伊勢屋』にほんの数日いたさちが西の家へ戻っただけで、総左衛門が寂しさをここまで引きずるとは、幸次郎には思えないのだ。

現に、あれから総左衛門は幾度も、さちの顔を見に『藍千堂』を訪ねている。

恐らく、顔を見たいというだけでなく、実の父のことを知ったさちを気にして、様子を確かめにきてくれていたのだろう。

ともかく、総左衛門の異変《いへん》の切っ掛けはさちかもしれないが、原因《もと》ではないと、幸次郎は見ていた。

総左衛門を悩ませる何かが、あるのだ。

だから、夏之助のように「懐かしい菓子があれば、元気が出る」とは思えないでいる。

それでも、総左衛門が何を思い悩んでいるのか、どんな覚悟をしたのか、知る端緒《たんしょ》には、なるかもしれない。

すっかり行き詰っている『藍千堂』の職人二人もなんとかしなければ、商いに障《さわ》る。

幸次郎は意を決して、『百瀬屋』を訪ねた。

客の姿はなく、少しずつ持ち直しているとはいえ、まだ商いは厳しいようだ。

幸次郎を真っ先に迎えたのは、手代の尋吉《ひろきち》だ。

本当の名を、千尋《ちひろ》といい、お糸の用心棒を兼ねた女中、千早《ちはや》――こちらは、お早《はや》と名乗っている――の双子の兄だ。

総左衛門の口利きで、『百瀬屋』に奉公している。

世間では、男女の双子は「心中者《しんじゆうもの》の生まれ変わり」だと噂され、何かと風当たりが強い。二人らしくはあるが風変わりな名――総左衛門が、名付け親だ――は、双子だと勘づかれることもあるだろう。

そうと知れれば、当人達にも『百瀬屋』にも、何もいいことはないと、以前から使っていた通り名で、兄妹ではなく従兄妹《いとこ》ということにして、暮らしているのだが、二人を良く知る者は、内心本当の名で暮らさせてやりたいとは、思っていた。

「いらっしゃいまし、幸次郎さん」

いつでも穏やかな尋吉の笑みが、少しばかり硬い。

「何か、ありましたか」

すかさず訊いた幸次郎に、尋吉は困った様に笑んだ。
十七、八に見えるが、歳は二十四、小柄で可愛げのある仕草は、兄妹揃って栗鼠《りす》を思わせる。優し気に整った顔立ちは、器量《きりよう》よしの女子《おなご》のようだ。
算術が得手、目端が利けば、客あしらいも上手い。困った客や喧嘩を売って来る商売敵を巧く、容赦なく、やり込める頭の巡りと気の強さも持ち合わせている。

『百瀬屋』に入る折、菓子司の商いを覚える為少しの間『藍千堂』を手伝って貰ったのだが、つくづく、使える手代だ。

その尋吉が、声を潜め、切り出した。

「実は、新しく入った職人のことで、少し」

ああ、と幸次郎は頷いた。

一時は、客足がすっかり途絶えてしまった『百瀬屋』だが、療養と称して愛宕山《あたごやま》に引っ込んでしまった主夫婦の代わりに店を切り盛りしているお糸や、残ってくれた数少ない奉公人の頑張りで、少しずつ客が戻って来た。そのお蔭で、今度は人手、取り分け菓子職人が足りなくなったので、八月の終わりにひとり、雇い入れたと、お糸から聞いていた。

京で腕を磨いたという頼もしい職人で、元から『百瀬屋』にいた、実直ではあるが融通が利かない職人達――それは多分に、当代《とうだい》清右衛門が、指図がなければ動けない者しか置かなかったせいではあるのだが――に代わって、手の込んだ菓子を手掛けてくれるだろう、ようやく茶席の誂え菓子を扱える、とお糸は喜んでいたはずだが。

清右衛門叔父が落としてしまった砂糖や小豆の質を戻し、お糸の差配《さはい》の下《もと》、皆で苦労した甲斐《かい》あって、ようやく新たな「『百瀬屋』の餡《あん》」の味も定まってきたところで、新たな職人を入れる、いい潮時だと、幸次郎も安堵していたのだ。

幸次郎と尋吉の遣り取りに、『百瀬屋』番頭の由兵衛《ゆへえ》が加わった。

「尋吉、お糸お嬢さんに口止めされていることを、軽々にお話ししては、駄目じゃないか。いくら、日頃からお嬢さんが頼りになさっている幸次郎さんだからといって」

表向きは、口の軽い尋吉を咎めているように聞こえるが、幼い頃から知っている由兵衛の言いたいことは、手に取るように分かった。

――お糸お嬢さんは、「従兄《にい》さん達には内緒にして頂戴」とおっしゃいましたが、困ったことになっております。内心ではお嬢さんも、幸次郎さんに助けて欲しいと思っている筈でございます。どうか手を貸しては頂けないでしょうか。

と、そんなところだ。

幸次郎は苦笑いを堪えて、尋吉に水を向けた。

「そこまで聞かされては、何かあったのかと、訊ねるしかないな。さて、何かあったのかい」

由兵衛は、涼しい顔で知らぬ振り、尋吉は可笑《おか》しそうに笑ったが、二人ともすぐに真剣な面持ちになった。

「実は――」

「尋吉」

切り出しかけた尋吉を止めたのは、少し厳しいお糸の声だ。

振り向くと、お早を従えたお糸が立っていた。どうやら外出から戻って来たところらしい。

由兵衛と尋吉は「しまった」という顔、お早は「まったく、間が悪いんだから」と言わんばかりの苦い顔をしている。

もうひとりの手代、八助《やすけ》は、「あたしは何も聞いていません」と体中で訴えながら、既に綺麗な三和土《たたき》を、ひたすら掃き清めている。

肝心のお糸は、眉根を軽く顰《ひそ》め、自分の言いつけを守らなかった番頭と手代を、見比べていた。

真っ直ぐな光を宿した切れ長な眼、ほんのり上を向いた、筋が通った鼻、濃い桜色をした形のいい唇、どれも気の強さ、いや、志《こころざし》の強さをくっきりと表している。

中気《ちゆうき》――頭に血が溢《あふ》れる病で倒れ、味と右手足の動きを失《な》くした父と、その父の愛宕山での療養に付き添った母の代わりに、傾いた『百瀬屋』を立て直そうと、日々奮闘している。

歳は二十一、とっくに婿を取っていていい頃だが、その気配はない。

訊けば、恐らく「今はそれどころではない」と素《そ》っ気《け》ない答えが返って来るだろう。

そのことにほっとしている自分は、卑怯だと、幸次郎は思う。

兄を追い出し、『藍千堂』に様々な嫌がらせを仕掛けてきた叔父、当代清右衛門への怒りに凝り固まっていた時、幸次郎はお糸にも素っ気なくしていた。

お糸の幸次郎への恋心を承知していて、知らぬふりもしていた。

その間に、お糸はどんどんたくましくなっていった。

父親が歪めてしまった『百瀬屋』を、先代の頃の店に戻そうと、孤軍奮闘《こぐんふんとう》し始めた。

いつからだろう。

そんな凜としたお糸が、眩しく見え始めたのは。

生まれた時から知っていて、ずっと身近にいた従妹に、女子に対する愛しさを感じ始めたのは。

今更だと、幸次郎自身が一番感じていた。

想いを打ち明ける切っ掛けを探っている間に、孤軍奮闘だった筈のお糸に、同志が現れた。幸次郎が悋気《りんき》を感じる間もなく、その男——彦三郎《ひこさぶろう》は、お糸を庇《かば》って命を落とした。

お糸の心に、消えない瑕《きず》と鮮やかな想い出を残して。

お糸の心が落ち着くまで、再び、幸次郎への恋心に目を向けられるようになるまで、幸次郎は待つと決めた。

けれどお糸は、落ち着く間もなく、先へ進むことを選んだ。

躓《つまず》いても、転んでも。

向かい風でも、嵐の中でも。

時には頑なになり、時には迷い、それでもお糸は、歩みを止めない。

綺麗だと、思った。

進み続けるお糸の為に、今まで愚図愚図《ぐずぐず》していた自分は、何が出来るだろう。

お前が好きだ。

もう、辛《つら》い思いまでして、前へ進まなくてもいいんだ。

そう告げて、腕の中に囲い込み、華奢《きやしや》な肩に背負った重い荷物を代わりに引き受け、どんな風にも雨にも当てず、転ぶ前に庇い、『百瀬屋』の女将《おかみ》として何不自由なく過ごさせる。

そうすれば——。

「従兄さん」

お糸に怪訝な顔で問われ、幸次郎は我に返った。

「何だ」

取り繕って訊き返すと、お糸が首を傾げた。

「どうしたの、ぼうっとするなんて、幸次郎従兄さんらしくない」

お糸に、見惚れていた。

とは言えない幸次郎は、代わりに、

「顰め面ばかりしてると、そのうち眉間《みけん》の皺がとれなくなるぞ」

などと、憎まれ口を利いてみた。

思わず、といった仕草で、お糸が自分の眉間を両手の指先で押さえる。

「し、失礼ねっ。従兄さんこそ、吊り上げてばかりの眦《まなじり》が、戻らなくなってるんじゃないの」

狼狽えながら言い返してくるお糸が、幸次郎の目には眩しくて。

「やっぱり、違うな」

思わず、心の中の声が零《こぼ》れ出た。

「何よ」

膨れたお糸が、むっつりと訊き返す。

お糸は、気が強くて、はねっかえりが、いい。

くじけることも、楽になることも、全く考えていない。

幸次郎にも、他の誰にも、大人しく庇われてなぞくれない。

それが、お糸だ。

背中に隠そうとしたら、押し退けて更に前へ出て来そうだな。

その様を思い浮かべ、滲みかけた笑いを噛み殺し、「なんでもない」と軽く躱《かわ》す。

お糸の斜め後ろで、にやにやと薄ら笑いの訳知り顔をしているお早が、癪に障る。口の動きだけで、

――仲のお宜《よろ》しいことで、ございますね。

と伝えてきたのは、念入りに見ない振りをした。

お糸が、話を元に戻した。

「伴次《はんじ》さんのことは、気にしないで。大した騒ぎじゃないのよ」

短い言葉から、幾つか気になることが読み取れた。

新入りの職人――伴次という名らしい――を、お糸は「さん」をつけて呼んでいるようだ。

「大した」ではないにしても、やはり「騒ぎ」はあるらしい。

お糸が、少し声を落としたのも、気になった。

『百瀬屋』は『藍千堂』と違って広い。大声で怒鳴ったりしない限り、店先の話が奥の仕事場まで聞こえることは、ない。

新入りの職人に対し、少し気遣いが過ぎるのではないか。

けれど、幸次郎は「そうか」と応じるのみで、何も訊かなかった。

由兵衛と尋吉、信の置ける二人が、揃って幸次郎に助けを求めようとした。

お糸が言うよりも、大した騒ぎになっているのだろう。

とはいえ、下手に口を挟めば、お糸の面目を潰してしまうことになる。

まずは、見定めようと考えたのだ。

あっさり引いた幸次郎に、由兵衛と尋吉は気落ちした顔をし、お糸は戸惑った様子を見せた。

幸次郎は、切り出した。

「今日は、ちょっとお糸に頼みがあってね」

お糸が、少し迷うように黙ってから、訊いた。

「仏間へ、行く」

仏間には、位牌《いはい》がある。

『百瀬屋』を追い出された晴太郎も、兄の後を追った幸次郎も、持ち出すことが叶わなかった、父母の位牌。

清右衛門叔父の仕打ちに対する憤りの燃え滓《かす》や、いつの間にか鈍く遠くなった、父母を喪った哀しみ、ただ、寂しさだけが変わらぬ重さで、幸次郎の中に在《あ》る。

軽く下腹に力を入れ、幸次郎は静かに応じた。

「線香を、上げさせて貰えるかな」

お糸が、何かに耐えるように、俯いた。

「貰えるなんて言わないで。従兄さんのお父っつあんとおっ母《か》さんじゃない」

由兵衛も、辛そうに顔を歪めている。実直でやり手だが、少々気の弱い古株の番頭は、晴太郎と幸次郎を引き留められなかったことに、負い目を抱いている。

尋吉とお早が、気遣うように二人を見た。

幸次郎は、

「悪かった」

と、詫びて続けた。

「お父っつあんにも、聞いて貰いたい話なんだ」

お糸が、ほっとしたように笑った。

「それじゃあ、やっぱり仏間にしましょう」

お糸と二人、店先から帳場に使っている小部屋の横を通り、仕事場を横目で見て、奥向きへ足を向ける。

お糸が幼い頃から世話を焼いてきた女中のおよねが、幸次郎を見るや、弾んだ声で、

「あら、まあまあ、まあ。いらっしゃいまし」

と幸次郎を迎えた。

「よかったですねぇ、お糸お嬢さん」

続けたおよねへ、お糸はぶっきらぼうに言い返した。

「仕事の話をしにいらしただけよ。お茶と落雁《らくがん》をお願い」

お早と同じ「にやにや顔」で、はいはい、と返事をし、軽やかな足取りでおよねは、勝手へ下がって行った。

およねは、お糸から聞いていた通り、元気に張り切っているようだ。

もうひとりの女中でもあるお早は、元軽業師《かるわざし》で腕も立つから、お糸が出かける時には、用心棒として必ずついて回っている。

『百瀬屋』の主は、形だけは今でも清右衛門叔父のままだ。少しでもお糸の風除けになれば、とあの叔父が自ら申し出たそうで、お糸は「お陰で、随分と助かっている」と言っている。

とはいえ、名代《みょうだい》として店を切り盛りしているのはお糸で、それは世間も承知、贔屓客

や材料の仕入れ先は、すっかりお糸を女主《おんなあるじ》として扱っている。

お糸が切り盛りして『百瀬屋』が立ち直るほど、お糸は耳目《じもく》を集め、畢竟《ひっきょう》、良からぬ者が寄って来る。

お糸が名代となって間もなくは、難癖をつけられたり、破落戸《ごろつき》に絡まれたりしていた。この頃は、あわよくば『百瀬屋』の身代《しんだい》を手に入れようと、お早曰く「下心丸出し」で寄って来る男共まで加わった。そういった連中は、大概が客を装ってやってくるらしく、お糸が奥向きにいる時の他は、お早は常に側《そば》にいなければならず、女中の仕事がなかなか出来ないと聞いている。

お糸は、くすりと笑って、およねが向かった勝手の方を見ながら、言った。

「奥向きを好きに仕切るのが、楽しいみたい。お早がいてもいなくても、あの調子よ」

お糸の母、お勝《かつ》の顔色を見ながら、お糸のあれこれを言いつけていた頃とは、別人のようだと、お糸は少し意地の悪い笑み交じりで添えた。

お糸に促され、足を踏み入れた仏間は、静かだった。

幸次郎がいた頃と、全く変わっていない。

隅々まで行き届いた掃除、黒漆に細かな金細工が施された仏壇、整然と並ぶ位牌、丁寧《ていねい》に盛り付けられ供えられた落雁、ほんのりと漂う線香の香り。

皆、昔のままだ。

畳は、入れ替えたばかりなのか、青々として、い草の香りが清々しい。
懐かしい。
穏やかな気持ちで、そう思えるようになった自分に、幸次郎は少し驚いていた。
部屋の中を見回している間に、お糸が蠟燭《ろうそく》に火を灯してくれた。
仏壇の前に腰を下ろし、蠟燭から線香へ火を移す。
手を合わせ、目を閉じ、心の中で語り掛ける。
お父っつあん、おっ母さん。ようやく来たよ。
そこで、改めて気づいた。
これまでも、幾度か『百瀬屋』を訪ねることはあったな、と。
ただ、いつもばたばたしていて、父母の位牌に手を合わせることは、なかった。
不義理をしてごめん、と詫びて、続ける。
晴太郎も茂市も元気で暮らしていること。晴太郎の嫁取りや、可愛い娘ができたこと。
総左衛門の様子。
それから、知っていると思うけど、と前置きして、叔父夫婦が愛宕山へ行ったこと。
お糸が頑張っていること。
すっかり叔父さんを許せた訳ではないけれど、なんとか折り合いをつけているよ。
――あら、随分大人になったのね。

からかうような、母の声が聞こえた気がして、ほんのり笑った時、騒がしい声が近づいてくることに気づいた。

『駄目よ、邪魔をしては失礼でしょ、伴次さん』

『しみったれた落雁なんぞお出しする方が、失礼だ』

「伴次」を慌てた声で止めているのは、およね。古株のおよねに偉そうな口答えをしているのが「伴次」なら、新入りの職人ということになる。

仏壇から声の聞こえる方、廊下を隔てる襖《ふすま》へ目をやってから、お糸へ視線を移す。

お糸は、盛大な顰め面で、溜息を吐いた。

人の気配が見る間に近づき、

『ちょいと、駄目だったら――』

『失礼いたしやす』

言い合いにもならない言い合いの後、こちらの返事を待たずに襖が開いた。

お糸が、眦を厳しくして言った。

「お入り、と言った覚えはないけれど」

襖を開けた男ではなく、後ろにいたおよねが、狼狽えて平伏した。

「も、申し訳ございません、お嬢さん。止めたんですが――」

およねを遮《さえぎ》るように、男が上機嫌に口を開いた。

「大《で》ぇ事《じ》なお客さんがいらしてると、伺ったもんで。あっしがつくった菓子を、お持ちしやした」

こいつ。

ぴり、と、自分のこめかみが苛立ちで引《ひ》き攣《つ》れるのが分かった。

幸次郎は、視線をちらりと男へ向けて、すぐに逸らした。

先刻、仕事場を横目で見た時、気にはなったのだ。

見たことのない男が、元からいた職人三人に、横柄《おうへい》な様子で指図をしていた。

職人三人は、活き活きと指図に従っていたようだったけれど。

男の歳の頃は、幸次郎より下、お糸よりは上、といったところか。腫れぼったい瞼《まぶた》、すっとした鼻、薄い唇。取り澄ましてはいるが、口許の歪みが、心の歪みをそのまま表している。

何故か、幸次郎と会えたのが嬉しいらしい。自分の菓子の腕も自慢したいようだ。

ならば、相手にしないに限る。

お糸が、ぴしりと叱る。

「伴次さん。不躾《ぶしつけ》を、お客様にお詫びしなさい」

男——伴次は、およねに言い返した言葉を、そのままお糸にも繰り返した。

「しみったれた落雁なんぞお出しする方が、よほど失礼でごぜぇやしょう」

「自分の店の品を、しみったれた、なぞと言うものではありません」

「そう言われましてもねぇ。あっしがつくったもんじゃあねぇから」

お糸が、再び苦い溜息を吐いた。

「仏間では、仏様と同じものしか食べないしきたりなの。だから落雁なのよ」

お糸。ここは、「しみったれた」をもう少し叱った方がいい。

言いたかったが、堪えた。

「でしたら、客間にお移り頂いて」

「それは、お前が決めることじゃないでしょう」

ようやく、伴次が黙った。

だが、不平たらたらなのが、気配で分かる。

幸次郎は、敢えて皆に聞こえるように呟いた。

「主を侮《あなど》る新入りの奉公人、か」

名など呼んでやらない。

直に口を利いてもやらない。

ただ、蔑《さげす》むように、ふん、と鼻を鳴らし、薄笑いを浮かべる。

幸次郎の目の端で、伴次が身を強張《こわば》らせた。

ゆっくりと、幸次郎は襖の方を向いた。

はっとして、視線を合わそうとしてくる伴次を綺麗に通り越し、およねへ話しかける。

「およね。落雁を貰おうか。お父っつあん、おっ母さんと食べたい」

およねが、さっと顔を上げて、明るい笑みを浮かべた。

「はい、只今。お茶も淹《い》れなおして参ります」

「いいや、それでいい。喉が渇いたから」

およねが、ちらりと伴次を横目で見ながら、仏間へ入って来た。

そこへ、由兵衛がお早を連れ、ばたばたとやって来た。

「伴次っ、お前はまた、勝手な真似を」

伴次は、小馬鹿にしたような顔を由兵衛へ向けたが、するりと音もなく近づいたお早を見て、顔色を変えた。

どうやら、お早のことは恐ろしいらしい。

幸次郎が考える側から、お早は伴次の手を取り、捻《ひね》り上げた。

「い、痛たたたっ。何しやが――」

更にぐいっと捻り直すと、伴次は声もなく身体を折り曲げた。

お早が、いい笑顔で伴次に告げた。

「私は、お糸お嬢様の用心棒ですからね。怪しい男は、追い出さなきゃいけません」

「おいらは、怪しくなんざねぇだろうがっ」

「奥向きには足を踏み入れないように。そう番頭さんからもお糸お嬢様からも、最初《はじめ》に言いつけられたでしょう。もう忘れちまったって、どんな軽やかなお頭《つむ》をしてるんです」

「忘れた訳じゃ、ねぇっ。ただお客さんに菓子を――いてぇっ」

「なんです、その残念な言い訳。駄目だと覚えていてやらかす方が、余計始末に負えない。お糸お嬢様、こいつ、番屋に付き出してしまいましょう。奥向きに、許しもなく忍び込んだんです。押し込みと変わりませんよ」

お糸が、軽く息を吐いた。

「番屋はいいわ。ここから連れ出して頂戴」

お早が、がっかりした顔で「わあ、つまらない」とぼやいた。

「伴次さん」

お糸が、厳しい声で呼ぶ。

黙ったままの伴次を、お早が冷たく促した。

「返事」

「へぇ」

「次は、ないから」

お早は、捕えていた伴次の腕に、力を込めた。

「うわわ、分かりやした」

「『申し訳ございません』」

お早が伴次に、言い直せ、と迫った。

畜生《ちくしょう》、と小声で吐き捨ててから、伴次はようやく「申し訳ごぜぇやせん」と詫びた。

それからお早は、捻り上げた腕を持ち上げて、伴次を引き上げ、背中を突き飛ばし、少々乱暴な物言いで急かした。

「ほら、きりきり歩く」

由兵衛が、お糸に目顔で頷いてから、幸次郎に向かって深々と頭を下げ、先に行ったお早と伴次を追った。

幸次郎とお糸の前に茶と落雁を置いたおよねが去ると、少し気まずい静けさがやってきた。

先に口を開いたのは、お糸だ。

「騒がしくて、ごめんなさい」

「いや」

「なぜ、あんな奴を雇ってるのかって、不思議に思ってるでしょう」

少し間を置いて、幸次郎は答えた。

「ここは、お糸の店で、お糸が主だ。お前の思うようにすればいい」

困ったように、少し疲れたように、お糸が笑む。

「思うように、できてる訳じゃないのよ。ただ、なかなか職人が見つからなくて。ようやく『百瀬屋《うち》』に来てくれたのが、伴次さんなの。『通《かよ》い奉公《ぼうこう》でいいなら』と言われて、元々うちの職人達は近くの長屋住まいだし、私も奥向きにあまり人を入れたくなかったから、渡りに船だった。腕は確かかよ。晴太郎従兄さんと茂市っつぁんの足下にも及ばないけど」

幸次郎は、苦い溜息を呑み込んだ。

今の『百瀬屋』が、新しい職人を見つけるのは難しい。それは幸次郎も察していた。世間の人々は噂に飽きて忘れても、自分が働く店のこととなれば、店の来し方は気になる。

当代清右衛門が、指図通りに動くだけの職人を選んでいたこと、汚い商いのやり口。先代清右衛門の忘れ形見の菓子司である『藍千堂』との確執。お糸の婿になるはずだった男の正体と、そのせいで立ってしまった、根も葉もないお糸の噂。

それでも、以前の羽振りのいい『百瀬屋』であれば、職人は集まっただろう。評判の大店で働ける、賃金の払いの心配もないと、喜んでやってくる者は多かった筈だ。

だが、今の傾いた『百瀬屋』には、そういう旨味もない。

主は中気で倒れ、二十一の総領娘が名代を務めていることで、店の先行きを心配する者もいる。

そんな中で、やっと見つけた、茶席の誂え菓子を手掛けられる職人だ。

我《が》を消した、飾り気も驚きもない、ただ静かに茶に寄り添う菓子、とは言っても、注文客ごとに好みも違えば、茶席の様子も違う。

その都度、求めに合わせて、あるいは自らの差配で、「その茶席だけのための菓子」をつくらなければならない。

元からいた職人達は、清右衛門叔父の指図だけで動いていた時が長ければ長い程、何も考えずに菓子をつくることが、身に付いてしまっているはずだ。

これから、「自らの頭で思案し、菓子に工夫を凝らすこと」を習うにしても、手本が要る。

幸次郎は、ぽつりと呟いた。

「職人達、活き活きしていたな」

お糸の顔が、柔らかくなった。

「ええ。指図してくれる人ができて、安心したみたい。伴次さんを手本にして、自分達でも誂え菓子をつくれるようになろうと、張り切ってもいるから」

笑ったお糸は、女主のようでもあり、母のような顔もしていた。

「あんなにきらきらした目の職人達から、伴次さんを取り上げる訳にもいかないでしょう」

幸次郎は、苦い溜息を零した。

目を伏せて、告げる。

「手に余るようなら、言ってくれ。鼻っ柱を折るくらいなら、いつでも引き受ける」

ぷ、とお糸が噴き出した。

「従兄さんが言うと、怖いわね。でも、いよいよとなったら、助けて貰う」

二人で軽く笑いながら、落雁と冷めた茶を味わった。

「くろの姿が見えないな」

落雁を食べ終え、呟くと、お糸が少し申し訳なさそうに言った。

「少し、人見知りなのよ」

くろは、お糸が可愛がっている黒猫だ。彦三郎が拾ってきたそうで、人見知りだとお糸は言うが、幸次郎は、自分に懐かないのだと、気づいていた。

拾ってくれた彦三郎に義理立てをしているのかもしれないと、分かってはいるが寂しい。

「そうか」

取り繕った筈の声が、思いのほか萎《しぼ》んでいて、お糸に笑われた。

笑いを収めたお糸が、幸次郎に訊ねた。

「それで、今日はどんな用」

ああ、と幸次郎は頷いて切り出した。

「お糸に、折り入って頼みがある」

眼を瞠ったお糸に、夏之助から頼まれた菓子のことを伝えた。

「阿米弁糖。巴旦杏、ね。聞いたことはあるけれど。菓子に使おうとするなんて、さすがは晴太郎従兄さんのお父っつあんだわ」

お糸に、伯父の先代清右衛門に可愛がって貰った思い出はあるだろうが、どんな職人だったかは、知らない筈だ。

清右衛門叔父は、頑なに店のことをお糸に見せなかった。

今ここにいるお糸は、お糸自ら、清右衛門叔父に逆らって、学び、摑んだ「お糸」だ。

やはり、眩しいな。

考え込むお糸の顔を、幸次郎は束の間、目を細めて見た。

視線を感じたのか、お糸が幸次郎へ目を向けた。

どうしたの、という風に小首を傾げる様は、苦労を知らない箱入り娘だった頃と変わらない。

呆《ほう》けている暇はないぞ、幸次郎。

幸次郎は、自らを叱りつけ、背筋を伸ばした。

「お糸。阿米弁糖に関わるものだけでいい。『百瀬屋』にある菓子の書と菓子帳、少しの間、貸して貰えないだろうか」

お糸は、少し驚いた顔をして、すぐに答えた。

「貸すのは、お断り」

「お糸――」

幸次郎の言葉を遮るように、清々しい笑みで、お糸が居住まいを正して告げる。

「伯父さんが大切に集めた書も、書き溜めた沢山の菓子帳も、すべてお返しします」

幸次郎は、戸惑った。

「それは」

お糸は、何でもないことのように、笑った。

「だって、本当なら、書も菓子帳も、ううん、この店だって、晴太郎従兄さんが継ぐものだわ」

それから、お糸は仏壇へ視線をやった。

「御位牌も、返さなきゃ、ね」

仏壇を見つめたまま、何かを振り払うように呟いたお糸の内心は、なんとなく見当がついた。

「どれも、兄さんは受け取らないよ」

幸次郎の呟きに、お糸は驚いた風で幸次郎へ視線を移したが、すぐに小さな溜息を吐き、「そうでしょうね」と応じた。

「でも、返さなきゃ」

「お糸の気持ちは、兄さんに伝える。返して貰うかどうかは、ゆっくり話し合おう」

お糸は、迷うように暫く黙って、ようやく「ええ」と頷いた。

それから、心を切り替えるように笑って、話を変えた。

「まずは、伊勢屋さんのために、阿米弁糖の書と、阿米弁糖を使った菓子の菓子帳を探さなきゃね」

お糸の明るさに、幸次郎は乗った。

敢えて情けない顔をして、ぼやく。

「それも、菓子に纏わることに関しては、飛び切り頑固な兄さんが受け取るかどうか。今度ばかりは、私が兄さんに怒られそうだよ」

お糸が、楽し気に笑った。

父の書と菓子帳は、錠前が付いた納戸に、纏《まと》めて収められていた。

父が健在だった頃は、仕事場の壁に作られた大きな棚に、いつでも、誰でも見られるよう、積まれていた筈だ。

「ここに仕舞ったのは、お糸か」

訊いた幸次郎に、お糸は首を横へ振った。

「お父っつあんよ。従兄さん達が『百瀬屋』を出てすぐに、ここへ移して、それから見ていないと思う。少なくとも、伯父さんの菓子帳を手本に菓子をつくったことは、一度もないの」

それは、清右衛門叔父の心に残った、小さな良心の欠片《かけら》ゆえか。

あるいは、兄の手は借りない、というただの意固地な強がりか。

菓子職人のはしくれとしての、矜持か。

いずれにしても、皮肉なものだ。

幸次郎は嗤《わら》った。

持ち出すことを許さなかった癖に、自分も仕舞いこんで、見ることがなかったなんて。

いい気味だと胸がすくことも、改めて怒りがこみ上げることも、最早ないけれど。

そして、お糸の顔つきから、幸次郎は察した。

「お糸。お前も、見ていないのか」

「ええ、まあ」

「どうして」

「だって、これは、従兄さん達のものだわ」

幸次郎は呆《あき》れた。

晴太郎もお糸も、妙なところで頑固だ。

幸次郎は、諭すように告げた。

「お父っつあんは、『百瀬屋』の者ならいつでも、誰でも、見られるようにしていた。お糸も職人達も、『百瀬屋』ではないのかい」

「伯父さんがいた頃の『百瀬屋』では、ないじゃない」

「『百瀬屋』は『百瀬屋』だ」

幸次郎とお糸は顔を見合わせ、二人揃って、くすり、と笑った。

「話が進まないな」

「ええ」

そこで、ともかく当初の用事を済ませよう、ということになった。

お糸が名代になってから、この納戸を片付け直したそうで、書も菓子帳も揃えて積んであるのだが、仕分けの仕方がとても分かりやすい。

お蔭で、晴太郎が言っていた『本朝食鑑』は、すぐに見つかった。

幸次郎が一枚一枚、繰《く》っていくと、暗い赤の紅葉が、はらりと舞い落ちた。

晴太郎から聞いた、父の挟んだ紅葉だ。

お糸が、そっと、紅葉の葉を拾い上げてくれる。

阿米弁糖は、ここだな。

ざっと中身を確かめて、すぐに閉じようと、お糸へ開いた書を軽く差し出した。

紅葉を入れなおして欲しかったのだが、お糸は、手にした暗い赤色をした葉を、哀しそうに見つめていた。

——伯父さん。こんなことになって、ごめんなさい。

声に出さない詫びが、唇の動きで幸次郎に伝わる。

「こんなこと」とは、晴太郎と幸次郎が『百瀬屋』を出たことだろうか。

伯父のつくり上げた『百瀬屋』の味を、父が変えてしまったことだろうか。

伯父が育てた『百瀬屋』の評判を落とし、身代を傾けてしまったことだろうか。

きっと、全てなのかもしれない。

ふと、幸次郎は思い起こしていた。

兄さんが、言っていたな。

この春のことだ。お糸の苦労に対し、子が親に尽くすのは当たり前、と言った武家の客に向かって、晴太郎は真っ直ぐに異を唱えた。

——頼れる者が、僅《わず》かな奉公人と一度袂《たもと》を分かった手前共従兄《いとこ》の他におらぬ娘です。

『百瀬屋』の身代と商い、父母の不始末の尻ぬぐい。本当に、その身ひとつに抱えるのが当たり前の、重荷でございましょうか。

あの時の兄は、幸次郎から見ても、文句なく頼もしかった。

そして、お糸に聞かせてやりたい、とも。

兄さんの言う通りなんだよ、お糸。何もかも、お前が背負うことではないんだ。

出かかった言葉を、幸次郎はそっと呑み込んだ。

お糸の詫びに気づかぬ振りで、もう一度、開いた書をお糸へ差し出した。

「お糸。兄さん、その紅葉も懐かしいだろうから」

我に返った顔で、お糸はそっと紅葉の葉を書に乗せた。ゆっくりと、丁寧に、紅葉が折れたり欠けたりしないよう、書を閉じる。

『本朝食鑑』を、脇へ避け、次は菓子帳に取り掛かることにした。

晴太郎は、父に似ていると思うことが多い。

だが、菓子帳のつくりに関しては、全く似ていないと言っていいだろう。

晴太郎は、まず思い立った菓子を、下書きとしてばらの紙に書き留める。

その書き方は、几帳面で細かい。材は何を使う。色は、大きさは。砂糖は三盆白、讃岐物か、唐物か、それとも黒砂糖か。あるいは氷砂糖を溶かして使うか。小豆の質、量、餡の舌触り、柔らかさ。

そんなものまで、書き留める。

実際、つくってみると初めの下書きから、変わっていくこともあるが、兄は気にしない。

得心がいく出来上がりになった時、下書きを書き直すのだ。

また、晴太郎は季節に重きを置く。早春、晩夏、初秋、冬至、といった細かな季節ごとに、下書きから得心の行くものを選び、載せる順まで吟味し、菓子帳へ清書する。

独《ひと》り身《み》だった頃は、清書も晴太郎がやっていたが、今は佐菜が引き受けてくれている。

出来上がった菓子帳を贔屓客に見せ、注文を取るのは、幸次郎の役目だ。

考える菓子も、季節からずれることはない。夏の終わりに考える菓子は、秋の初めの菓子だけだ。

菓子帳に載せない、味噌餡の柏餅《かしわもち》などの四文菓子や、南蛮菓子のかすていらなど、客へ持って行く菓子帳に載せないものは、店で見る為に別の菓子帳に綴《つづ》るが、それも季節で分けているし、理由《わけ》があって季節外れの菓子を手掛けた時は、季節に合わせた菓子帳に書き記した上で、必ず但し書きをつけている。

だから、下書きの紙と、客回りに使う菓子帳、『藍千堂《みせ》』の為の菓子帳、三種に収まり、全て細かな季節ごとに纏められている。

対して父の菓子帳は、雑多で気ままというか、斑《むら》がある。

下書き、客向けの菓子帳、店の職人の為の菓子帳。さらに、「ちょっとした思い付きを忘れないうちに」ほどのことを纏めた「覚書」や、途中でつくるのを止めた、諦めたものだけを纏めた「しくじり」と銘打ったものまである。もっと言えば、「しくじり」があるのに、「覚書」にもしくじった菓子が載っていたりもする。

母が晴太郎に遺《のこ》し、幸次郎が持ち出した菓子帳は、「覚書」のうちの一冊だ。

どれも日付の順に書かれているので、そこは、一見晴太郎とそう変わらないように思える。

だが、父は、真冬に夏の涼し気な菓子を考えたり、秋に花見の菓子を思いついたりしていて、それも、「書いた日付の順」に纏めてある。

紛らわしいことに、「そういえば、この日にこんな菓子をつくったっけ」と言わんばかりに、前の日付のものが、ぽろりと後ろの方に出て来る。

また菓子によって、事細かに書いてあることもあれば、大雑把な画に一言二言、添え書きがあるだけのものもある。

一応、客向けの菓子帳は体裁を整え、ざっくりと季節ごとに纏めてくれていたが、それでも、いたずらのように、冬の菓子帳の真ん中に、ぽろりと「桜の菓子」なぞが出てくるので、かつて『百瀬屋』でも菓子帳を持って贔屓客を回っていた幸次郎は、冷や汗を掻きながら、客に言い訳をしていたものだ。

思うに、兄、晴太郎は、ひらめきのままに菓子をつくり上げるからこそ、折角得たひらめきや、ちょっとした驚きを逃がさないよう、菓子帳を緻密につくり込むのだろう。対して父、先代清右衛門は、かつて職人達が憧れを含んだ冗談交じりで、「親方の菓子は親方の頭の中にしかない」と言っていたように、あの鮮やかに整った菓子の詳しいつくり方は、菓子帳や下書きよりも、父の頭の中の方が余程詳しかったはずだ。

下書きや覚書へ記すのは、まだぼんやりとした「形」を、はっきりさせるための、途中の手順、という色合いが濃い。

それでも、晴太郎は父の覚書や、菓子帳を見るのが楽しそうだったし、幸次郎の商いにとっても、職人達にとっても、なくてはならないものだった。

才気に溢れながらも実直だった父と、一寸見はふらふらしていて、思い付きで菓子をつくっているとしか思えない——我ながら、兄に対して酷い言い様だが——兄の、それぞれ意外な顔だろう。

二人の性分は置いておくとして、父の菓子帳はそんな風だから、いくらお糸がきちんと仕舞ってくれていたにしても、あの中から「阿米弁糖」を探し出すのは至難《しなん》の業《わざ》だ。

父のことだ、下手をすれば「阿米弁糖」の文字さえ書いていないことも、あり得る。

そもそも、菓子帳に書いてあるかどうかだって——。

「幸次郎従兄さん」

どうしたのだ、という声色でお糸に呼ばれ、幸次郎は我に返った。

「いや、なんでもない。お父っつあんの菓子帳から『阿米弁糖』を見つけるのは、骨が折れるな、と思っただけだ」

お糸が、首を傾げる。

「そうかしら。日付ごとに纏まっていたから、納戸《ここ》に仕舞うのも楽で有難かったけれど」

お糸は、菓子帳の中を見ていないのだったな。

父と兄の菓子帳の違いを伝えると、お糸は目を丸くし、それから可笑しそうに笑った。

「晴太郎従兄さんは、従兄さんらしいけれど、伯父さんはちょっと意外ね」

今度は、幸次郎が目を丸くする番だ。

「兄さんらしいかな」

呟くように問うと、お糸はあっさり「ええ」と答え、続けた。

「どうせ、晴太郎従兄さんを『ふらふらしていて、思い付きで菓子をつくっている』なんて、考えてるんでしょう。まあ、幸次郎従兄さんも伊勢屋さんも、晴太郎従兄さんを叱ってばかりだし、菓子づくりとは無縁だろうから、仕方ないけれど。私だって、従兄さんが『百瀬屋《うち》』で白羊羹《しろようかん》をつくってくれた時の様子を見たり、餡の味見と手ほどきをしてもらうようになってから、気づいたんだし。分かってるのは茂市っつあん、それから従兄さんと一緒に菓子づくりをしたうちの職人達くらいじゃないかしら。ああ、従兄さんが柏餅づくりを差配している、松沢《まつざわ》様の勝手方《かってがた》の皆さんも、知っているかも」

大身旗本《たいしんはたもと》、松沢家と『藍千堂』の縁は深い。

始まりは、五年前の秋だ。松沢家当主、利兵衛《りへえ》が亭主を務めた野点《のだて》で、『藍千堂』が菓子を手掛けた。その菓子を、大層気に入って貰えたのだ。

以来、無役《むやく》ではあるが、公儀《こうぎ》の重鎮《じゅうちん》とも茶道《さどう》を通して強い繋がりを持つ松沢家は、『藍千堂』の大きな後ろ盾となってくれている。また、跡取りの荘三郎《そうざぶろう》の妻、雪《ゆき》は、松沢家へ嫁入りする前から、お糸や佐菜と知己で、今では身内ぐるみの付き合いと言ってもいい。

そんな縁もあって、晴太郎は、荘三郎と雪の一人息子、小十郎《こじゅうろう》の初節句《はつぜっく》からずっと、端午《たんご》の節句には松沢家を訪ね、「柏餅づくり」の差配をしているのだ。

男子《おのこ》のいる家は、武家も商家《しょうか》も、柏餅を周りや知己に配るのが習わしだが、「松沢家の柏餅は旨い」と評判をとっているそうで、晴太郎は忙しい最中、毎年いそいそと松沢家へ出かけていく。

幸次郎としても、世話になっている松沢家の助けに、少しでもなるならと、万難《ばんなん》を排《はい》して、兄を送り出している。

とはいえ、幸次郎は晴太郎が大勢の職人や勝手方を差配している姿を、今まで目にしたことがない。

　だから、お糸の言葉に問い返した。

「お糸、それはどういう」

　さすがに、幸次郎も菓子づくりに関して、晴太郎を頼りないと感じたことはない。

　ただ、生来の才気《さいき》が勝《まさ》ったつくり方をしているのだとばかり、思っていた。まさに、晴太郎の菓子は、天賦の才ゆえの「思い付き」の賜物《たまもの》だ、と。

　お糸が、答えた。

「晴太郎従兄さん、すごく緻密《ちみつ》よ、人に教える時。そこまで手の内を明かしていいのか、と、教わる方が心配するくらい。それに教える相手の技量をあっという間に見抜いて、その相手に合わせた教え方をしてくれるの。あんなに才があるのに、出来の悪い職人の気持ちも、ちゃんと分かって教えられるんだから、すごいわ。従兄さん自身、すごく苦労したからこそだと、思う。思い付きでつくっているように見えて、従兄さんの中では、ちゃんとした筋道と理屈が、あるんでしょうね。多分、菓子帳はそれを書き写しているだけなんじゃないかしら」

　幸次郎は、束の間言葉を失くした。

　ずっと一緒に過ごしてきたのに、お糸の方が晴太郎を分かっているようだ。

　幸次郎とて、『百瀬屋』を追われてからの晴太郎の苦労は、目の当たりにしている。

ただお糸の口ぶりからして、それより前、恐らく菓子職人修業の苦労のことを言っているのだ。

幼い弟の目には、兄はどんなことでも、父の指図通り容易《たやす》くこなしていたように見えていた。

兄に比べて、自分に菓子づくりの才がないことを、幸次郎は密かに悩んだこともあった。

菓子屋の息子の癖に、才がない。そのうしろめたさは、母の言葉で綺麗に散ったけれど。

――幸次郎。晴太郎は菓子づくりに夢中な分、他のことが疎《おろそ》かになりがちなの。だから、お前が兄さんを助けてあげて頂戴。きっと晴太郎は幸次郎が付いていないと、あっという間に『百瀬屋』を傾けてしまうでしょうね。幸次郎の算術と商いの才、店での話し方に行き届いた目配り。お父っつあんも番頭さんも、大層感心していたのよ。

あの笑み、あの言葉で、幸次郎は救われた。

菓子屋の息子が菓子をつくれなくたって、いいんだと。

それにしても。

お糸は、幸次郎の知らない晴太郎に気づくほど晴太郎を見て、憧れにも似た目をして晴太郎の「すごさ」を語った。

「妬《や》けるな」

苦笑混じりの呟きは、お糸の耳に届かなかったようだ。

「え、何か言った」

そう訊き返され、幸次郎は「何でもない」と応じた。話を、阿米弁糖の菓子帳に戻す。

「さあ、陽《ひ》が暮れてしまう。菓子帳を探そう。阿米弁糖が初めて届いたのが、『百瀬屋』が室町に移ってすぐの頃だそうだ。そこから一年くらいを見て行けばいいか」

お糸が、すぐに応じた。

「それじゃあ、この辺りの棚ね」

売り物ではないのだから、贔屓客へ見せていた、客向けの菓子帳は外していい。まずは、分かり易《やす》そうな、店の職人の為の菓子帳から当たる。そこで見つかれば、後は同じような日付に絞って覚書、しくじり集を確かめる。

二人で手分けをして、見ていくことにした。幸次郎は『百瀬屋』が室町に移った頃から順に、お糸は、一年後から遡る。

暫くは、紙をめくる微《かす》かな音だけが、納戸に響いた。

案の定、父の菓子帳から阿米弁糖の菓子を探し出すのは、至難の業だった。

幸次郎とて、菓子づくりに関してまったくの門外漢《もんがいかん》ではないのだが、書かれている意味が分からないことが、ままある。

『藍千堂』にある「覚書」の読みやすさを想い出し、幸次郎は呟いた。

「おっ母さんは、余程吟味《ぎんみ》して、読みやすい菓子帳を遺してくれたんだな」

あるいは、父の思い入れが強かったであろう「百代桜《ももよざくら》」を、晴太郎に仕上げて欲しいという願いがあったのか。

うん、そちらがありそうだ。

ひとり得心したところで、お糸の手が止まっていることに気づいた。

「どうした」

訊いた幸次郎に、お糸ははっとした後、誤魔化すように笑った。

「このお菓子、可愛いな、と思って」

菓子の美しさを表す時、お糸は昔から、よく「可愛い」という言葉を使う。そんな時のお糸は、大抵楽しそうにしているのだが、様子が少しおかしい。

どれ、とお糸の手元を覗いて、幸次郎は息を詰めた。

ひとりの男の顔が、頭に浮かんだ。

お糸が思いつめた顔で、言った。

「あのね、幸次郎従兄さん。お願いがあるんだけれど」

＊

仕事場にいた晴太郎は、戻って来た幸次郎の姿に目を瞠った。

さちが『藍千堂』から西の家へ戻り、八《や》つ刻《どき》を過ぎてしまったけれど、そろそろ一休みしようかと、茂市と話していた時のことだ。

幸次郎は、お糸とお早を伴《ともな》い、出掛《でが》けには持っていなかった大きな風呂敷《ふろしき》包みを持っている。

やあ、お糸、と従妹に声をかけてから、弟に訊ねる。

「お客さんのご機嫌伺いに行ったんじゃなかったのかい。それにその荷物は、どうしたんだい」

幸次郎は、生真面目だが、少しばつが悪そうにも見える顔で告げた。

「折り入って、話があります」

それは、幸次郎が、かい。それともお糸。

確かめる前に、察しがついた。

幸次郎とお糸が、同じような表情《かお》をしていたのだ。

多分、二人揃って、ということなのだろう。

二人の仲がいいのは、嬉しい。

『百瀬屋』にいた頃、いずれ、幸次郎とお糸は所帯を持つことになっていた。幸次郎の清右衛門叔父への蟠《わだかま》りも薄れているようだし、『百瀬屋』の商いがもう少し持ち直したら、纏まってしまえばいいのに、と思う。

「あ」

今更ながら、思い至ったことに自分で驚いて、晴太郎は小さな声を上げた。

そうなれば、幸次郎は『藍千堂』を出ることになるんだな。

晴太郎を見つめていた幸次郎が、すう、と目を細めた。

「兄さん。また妙なことを考えてますね」

「え、何が」

「惚《とぼ》けたって駄目ですよ。私は、ここに、います」

また、顔色を読まれた。

そうして、幸次郎の言葉に、ほっとしている自分がいる。

『藍千堂』の商いは、茂市もいるし、番頭を雇ってもいい。きっとなんとでもなる。幸次郎とお糸の幸せを、一番に考えてやらなければならない。二人とも、苦労続きだったのだから。

それでも、寂しいと思ってしまう自分は、酷く我儘だ。

「従兄さん達、何の話」

お糸に訊かれ、晴太郎はぼんやりと笑うことで誤魔化した。

この笑い様、また伊勢屋の小父さんに叱られそうだ。

内心でひやりとしながら、晴太郎は皆を促した。

「話があるんだったね。丁度ひと休みしようかと思っていたんだ。勝手へ行こうか」


『藍千堂』では、八つ刻の休みに、焼き立ての金鍔《きんつば》を食べることにしている。

その日の餡の出来、菓子の出来を確かめるのに、金鍔はうってつけだ。慣れや傲《おご》りで、知らぬ間に菓子の味が落ちてしまうことは、とても怖い。

茂市にも聞いて欲しいと言われたので、まずは皆で金鍔を味わった。お早は、あっという間に金鍔を食べ終え、店番を引き受けてくれた。

幸次郎が、風呂敷包みを解《ほど》いた。

出てきたのは、幾冊もの書物や冊子だ。冊子の表書きの筆跡《て》は、忘れようがない。

茂市が、色々な思いの交じった溜息を、そっと吐いた。

「幸次郎」

弟を呼んだ声が、覚えず鋭くなる。

「俺は、『卑怯な手だ』と、言ったよね」

「ええ」

幸次郎の答えに被せるように、お糸が訴えた。

「晴太郎従兄さん、これは私が、幸次郎従兄さんに頼んだことなの」

幸次郎が、言い直した。

「初めに『菓子帳』を貸してくれと頼んだのは、私です」

これは、「仲がいいのは、いいことだ」では済まない。

この書と菓子帳は、『百瀬屋』にあるべきものだ。

それに、清右衛門叔父の留守中、勝手に『藍千堂』へ返したとなれば、お糸の立つ瀬がなくなる。これ以上、この親子の間柄をこじれさせたくはない。

晴太郎は、小さく溜息を吐いて、訊ねた。

「幸次郎の考えは、分かってる。お糸の考えを聞かせてくれ」

お糸は、居住まいを正し、少し硬い口調で告げた。

「ここにあるだけじゃなく、先代の菓子帳と御持ちだった書、全てお返しします。その代わりに、この菓子帳の中からひとつ、譲って頂きたい菓子があります」

ちらりと弟を見ると、どうしてか込み入った顔をしていた。

どうやら、お糸が『藍千堂』を気遣って、幸次郎の申し出に乗った、というだけではなさそうだ。

それでも晴太郎は、迷わず言った。

「譲るも何も、この菓子帳も書も、『百瀬屋』のものだ。好きにつくればいいよ」

けれどお糸は、頑として聞かない。

「いいえ。菓子帳と書は、従兄さん達のもの。従兄さんが継ぐべきものよ」

「お糸」

「ねえ、晴太郎従兄さん。これは、従兄さんたちへの負い目から言ってるんじゃないの。確かに、ずっと、返さなきゃならないって、考えてた。でも、それだけじゃない。もう、『百瀬屋』の菓子は、伯父さんが引いてくれた道から逸れてしまった。それは、従兄さんが一番よく分かってるでしょう」

幸次郎が、言葉を重ねる。

「叔父さんは、納戸に仕舞ったきりで、一度も見ていないそうですよ。このまま、お父っつあんの菓子帳を、埋もれさせていいんですか」

晴太郎の心は揺らいだ。

どんな経緯《いきさつ》であれ、自分は『百瀬屋』を出た者だ。『百瀬屋』先代の菓子帳を引き継いでいいとは、思えない。

まして、清右衛門叔父が不在の時に譲り受けるのは、やはり卑怯だ。

そう考えて、晴太郎は思い至った。

清右衛門叔父に気遣ってお糸の申し出を断ることは、名代であるお糸を軽んじていることには、ならないか。

「うん」

晴太郎は、低く唸った。

なんだか、菓子帳を譲り受ける言い訳を探しているような、気になってきたのだ。

ふいに、茂市が呟いた。

「親方の、面白《おもしれ》ぇ菓子帳、『覚書』に『しくじり』。懐かしゅうごぜぇやすね」

それから、はっとして、背中を丸め、

「余計なことを言いやした。面目ごぜぇやせん、忘れてくだせぇ」

と、詫びた。

その姿も声も、哀しそうで、寂しそうで、でも温かくて。

ああ、そうか。

ここで晴太郎がお糸の申し出を断れば、茂市はどんなに懐かしくても、父の菓子帳を手に取れない。

晴太郎も、本音を言えば、阿米弁糖の菓子を脇に置いても、父の菓子帳は見たいのだ。

懐かしい、雑多で楽しい、何が飛び出すか分からない、あの菓子帳をもう一度。

兄の顔色を読むことに長けている幸次郎が、とん、と背中を押した。

「まずは、阿米弁糖の菓子の菓子帳を借りてみませんか。お糸だって、欲しい菓子を、うしろめたさなしにつくりたいでしょうし」

お糸が、不服げな顔をした。

「私は、従兄さん達に全てお返ししたいの。菓子帳や書だけじゃない。伯父さん伯母さんの――」

「お糸」

幸次郎が、少し強い口調で、お糸を遮った。

「その話は、後だ。急いて一度にやろうとすると、碌《ろく》なことにはならないよ。まずは少しずつ」

何の話だろう。幸次郎の遮り方からすると、今は、晴太郎の耳に入れたくない話らしいけれど。

お糸は、少しの間黙っていたが、すぐに小さく頷いた。

「分かりました。ごめんなさい」

幸次郎が、よし、という顔で頷き、晴太郎を見てにっこりと笑った。

「で、兄さん。どうするんです。阿米弁糖の菓子、行き詰っているんでしょう。いつまでも夏之助さんをお待たせするわけには、いきませんよ。ああ、まさか身内のようなお人だから、待たせても大丈夫、なぞと甘えている訳ではないでしょうね」

気持ちが揺らいでいる時に、痛いところを突かれた。

甘えていた訳ではない。そうではないけれど。

夏之助さんは、お客さんだ。お客さんが求める菓子を、つくれるかもしれない手立てがあるのなら、身内のことに拘《こだわ》っている暇はない。

晴太郎は、知らぬ間に強張っていた肩から、ゆっくりと力を抜いて、幸次郎とお糸を見比べた。

「わかったよ、幸次郎。お糸、菓子帳、有難く使わせて貰う」


幸次郎とお糸では、「阿米弁糖の菓子」が載っている菓子帳は見つけられず、仕方なしに「一度目の阿米弁糖が届いたあたりの日付」から、一年くらいのものを纏めて持って来たのだそうだ。

お父っつあんの菓子帳は、分かりづらいからなあ。

晴太郎は、こっそり苦笑した。

それでも、あの菓子をお糸が見つけたのは、あの人がお糸を呼んだのか。

お糸が「つくりたい」と言った菓子の菓子帳を見て、晴太郎はそんなことを考えた。

そっと幸次郎を見たが、弟は静かな佇まいを崩さない。

ただ、件《くだん》の菓子が載っている菓子帳を、大切そうに抱えて帰って行ったお糸の背中を見送る幸次郎の目は、少しだけ、切ない色を宿していた。

借りた父の菓子帳は、店を閉めた後、茂市と二人で残って見ることにした。

詳しく書かれていたら、多分、そのままつくってみたくなるからだ。

西の家へ、そのことを知らせがてら、幸次郎がひとり戻って暫く、佐菜とさちが夕飯を持ってきてくれた。暗くなってきたからと、幸次郎も一緒だ。

さちは、少し寂しそうな顔で、晴太郎と茂市を見比べている。

「夕飯、一緒に食べられなくて、ごめん」

「おさち嬢ちゃま、すいやせん」

茂市と二人で可愛いさちに詫びると、さちは力なく首を振った。

「大事なお仕事だもの。辛抱する」

言いながら、ほんの少しだけ口が尖っているのが、可愛い。

「明日は、朝も昼も夜も、一緒に食べるから」

ぱっと、さちの顔が明るくなった。

「本当」

「ああ、本当さ。ねぇ、茂市っつあん」

「本当ですとも」

応じた茂市の、ふにゃりとした「孫好き爺様《じじさま》」顔は、いい加減見慣れたはずなのに、つい笑ってしまう。

茂市と二人の夕飯は、鰻《うなぎ》の握り飯だった。仕事の合間に食べやすいように、力が出るようにと、佐菜が工夫してくれたようで、美味しいと評判の店で買った鰻の蒲焼《かばやき》を小さく刻み、茗荷《みようが》のみじん切り、蒲焼のたれと一緒に、白い飯に混ぜ込んで握ってあるそうだ。

付け合わせは、秋茄子《あきなす》の漬物と卵焼きが二切、味噌汁は、蜆《しじみ》がたっぷり。

邪魔をしては、とすぐに三人が帰った後、まずは腹ごしらえだと、勝手で味噌汁を温める。

せっかく佐菜が、仕事の合間に、と握り飯にしてくれたのだが、是非出来立てを味わいたいと、茂市と話が合ったのだ。

初めて口にする握り飯は、こってりとした鰻の甘辛い味に、茗荷の爽やかな香りが利いていて、大層旨かった。漬物も卵焼きも、味噌汁も、じんわりと身体に沁みる、佐菜の味だ。

夕飯を済ませてから、茂市と手分けをして「覚書」と「しくじり」を見ていく。

総左衛門と二人、ああでもない、こうでもないと言い合いながら工夫していたとすれば、恐らくそのどちらかだ。

晴太郎は「しくじり」、茂市が「覚書」をそれぞれ請け負った。

初めの一冊を手に取った茂市が、そっと鼻を啜《すす》った。

それからは、晴太郎も茂市も、阿米弁糖の記述を見つけることを忘れてしまいがちになるくらい、ひたすら読みふけった。

楽しい。

紙を繰るたびに、浮き立つ気持ちが湧き上がる。

この春、「父なら、こんな風にするだろう」と考えながら、白羊羹をつくった。

その時の楽しさと、よく似ている。

あの時は、父の菓子をそのまま辿ることで、父と一緒に菓子をつくっている心持ちになった。

今は、新しい菓子の工夫を、二人で考えているようだ。

さて、お父っつあん。阿米弁糖をどうしようか。

ああ、俺でもこれはやってみるだろうな。やっぱり、同じことを考えるもんだね、お父っつあん。

心の中で話しかけながら、ひと文字ずつ、画のひとつずつを、確かめていく。

晴太郎の、菓子帳を繰る手が止まった。

見つけた。

他よりも少し急いだような筆跡《て》で、一番上に、「はるとつくるかし」と、仮名《かな》で記されている。

「はる」は、総左衛門がその名を継ぐ前の名、晴之助《はるのすけ》の「晴」、「つくるかし」は「つくる菓子」だ。

父は、興が乗っている時、頭の中身に手が追い付かなくなり、仮名書きになり、更に妙な略し方をする。

これでは、たとえ幸次郎が「しくじり」に目をつけても、見つからないだろうな。

どきどきと、心の臓が嬉しそうに早鐘を打つ。

お父っつあんは、阿米弁糖でどんな菓子を考えていたのだろう。

気が急く。

早く続きを確かめたい。

それでも、晴太郎は茂市と一緒に、確かめたかった。

菓子帳から視線を引き剝《は》がし、茂市に声を掛ける。

「茂市っつあん、見つけた。あったよ」

「ありやしたか」

茂市の声が、弾んだ。すぐに晴太郎の傍らへやってきて、開いていた「しくじり」を覗き込む。

茂市もすぐに、思い当たったようだ。

目を細め、楽し気に「はるとつくるかし。たしかに、これでごぜぇやすね」と呟いた。

「阿米弁糖の菓子と書かないあたり、お父っつあんらしい」

晴太郎の呟きに、茂市も頷く。

阿米弁糖の菓子を手掛けることより、総左衛門とあれこれ工夫するのが、楽しかったのだろう。

そこから、二人黙って、流れるような仮名文字を目で追った。

何とも、親切ではない書き様である。

晴太郎は、少し呆れた。

「しくじり」というのなら、何をどうしくじったのか、事細かに書いておかなければ、他の人間が読んでも、分からないではないか。

晴太郎であれば、まず、阿米弁糖の画を添え、炒ってあること、香りや硬さ、大きさ、そのまま食べた時の味は、記しておく。

ところが、父はいきなり、しくじった扱い方を並べている。

「あめんどう」と書くのももどかしかったらしく、「あめ」と端折《はしょ》ってしまっている。

どうやら、初めに水で戻し、次に砂糖と煮て、その次に、砕いたものを餡に混ぜてみたらしい。

一番ましだったのが、砕いた阿米弁糖を餡に混ぜたもの。前の二つは、食べられたものではなかったようだ。

ぷ、と隣で茂市が小さく噴き出した。

晴太郎は苦い溜息を吐いた。

「水で戻した阿米弁糖を食べた時の、伊勢屋の小父さんの顰め面のことを書く暇があったら、どう駄目だったのかを、書いておいて欲しかったよ」

だが、これは是非、総左衛門に見せたい。眉根を寄せた総左衛門の似せ絵の落書きまであるのだから。

総左衛門は、笑うだろうか、怒るだろうか。多分、楽し気に呆れるのだろう。

「砕いた阿米弁糖を餡に混ぜるのは、色々手を変えて、試されたようでごぜぇやすね」

茂市の言葉に、晴太郎も頷く。

餡、砂糖の種類、詳しい割合や、砕いた阿米弁糖の粗さなど、父にしては詳しく書き留めてあった。

黒砂糖や潰し餡は、そちらの味が勝ってしまったとある。

父としては、白餡に細かく砕いた阿米弁糖が、一番だったようだ。

それでも、「おもしろさなし」――面白さはないと感じた。

そこで、手に入れた阿米弁糖を使い切ってしまったらしい。

まずは、白餡に細かく砕いた阿米弁糖を混ぜたものを、つくってみるか。

晴太郎が考えていると、茂市が、少し早口で晴太郎を呼んだ。

「坊ちゃま、ここ」

下の隅、茂市の指先が示すところを見ると、隠すような小さな文字で、こう綴られていた。

「つきはこな　ふもち」

晴太郎は呟く。

「麩餅《ふもち》だね」

茂市が応じた。

「麩餅、でごぜぇやすね」

恐らく、次に阿米弁糖を手に入れたら、挽いて粉にし、麩餅をつくる、という意味だろう。

実を言えば、晴太郎と茂市も、阿米弁糖を粉にすることを、思いついてはいた。

ただ、粉にするとどうしても嵩《かさ》が減る。預かった阿米弁糖では、幾度もつくり直すほどの量には、ならない。

だから、踏ん切りが付かずにいたのだ。

「麩餅、やってみようか」

晴太郎は、切り出した。

茂市がすぐに応じた。

「それが、よろしゅうござぇやす」

麩餅は昔からある菓子で、小麦粉と砂糖の種《たね》に古い酒を混ぜ、一刻《いっとき》かけてじっくり蒸す。出来上がりは、酒の匂いのする饅頭の皮と言えばいいだろうか。

素朴で奇をてらわない味わいが、晴太郎自身は好きだが、店で売ろうとは、あまり思わない。

勿論注文があればつくるが、見た目、味、歯ざわりなど、ひと工夫する。

父も、同じ考えだったはずだ。

砕いた阿米弁糖を白餡に混ぜただけでは「面白さがない」と言っていたのだから。

その「ひと工夫」を、どこかに書き残してくれていないかと、他の「しくじり」や「覚書」も探してみたが、見つからなかった。

ひと工夫自体は、晴太郎も茂市も、色々思いつく。

ただ、この菓子に肝心なのは、「想い出」だ。

そこに、若い頃の父と総左衛門の面影を映せなければ、夏之助が注文した菓子には、ならない。

なるべく、父がつくろうとした麩餅に近づけたいが、とっかかりがない。

父なら、どうつくっただろうか。

あの、味も見た目も鮮やかな癖に、どこか品のいい菓子をつくる父なら――。

考え込んだ晴太郎に、茂市の静かな声が掛けられた。

「晴坊ちゃまの思う通りになさりゃあ、いいんです」

父の字に落としていた視線を上げると、このところの笑い過ぎ、泣き過ぎのせいか、目許の皺が深くなった茂市が、笑っていた。

「親方がつくろうとしていた菓子を、坊ちゃまが引き継ぐ。それが、伊勢屋さんにとって、何より嬉しいんじゃあ、ごぜぇやせんかねぇ」

慈しむような笑みから、にかっと、悪戯《いたずら》な笑いに変え、茂市は続ける。

「夏之助さんが菓子を注文なすったのは『藍千堂』だ。だから、親方じゃなく、晴坊ちゃまの菓子で、いいんですよ」

晴太郎は、茂市の言葉を噛み締めた。

父の菓子帳に浮かれ、父と新しい菓子の工夫を考えている楽しさに囚《とら》われ、いつの間にか、「父の菓子」に拘り過ぎていた。

茂市の言う通りだ。

晴太郎も、茂市に合わせて、にかっと笑った。

「ああ、確かにそうだね、茂市っつあん。二人でお父っつあんを驚かせてやろう」

俺の菓子じゃなく、二人で。

茂市が、驚いた顔をした後、楽し気に応じた。

「へぇ。そうしやしょう、晴坊ちゃま」


それから、店を閉めた後に茂市と「阿米弁糖の麩餅」づくりが始まった。

昼間、他の仕事の片手間にするには、阿米弁糖のことを知らな過ぎたのだ。手際のひとつひとつが、見逃せない。

とはいえ、さちも茂市も寂しがるので、一度西の家へ戻り、皆で夕飯を摂ってから、茂市と二人、店へ戻ることにしている。

まず、幾粒《いくつぶ》かを擂《す》り潰してみたのだが、思ったよりも油が出た。

麩餅をつくる小麦粉とは、かなり違う。

「阿米弁糖の粉だけじゃあ、麩餅にゃあなりやせんね」

茂市と二人、ひとつまみ口に含むと、ふわりと香ばしさが広がり、次いでじわりと、仄《ほの》かな甘さと、濃いこくが追いかけてきた。粒を丸ごと食べた時よりも、香りも味も、よく出ている。

皮付きと、少し苦労をしたが皮を剝いた阿米弁糖、どちらも粉にしてみたが、皮付きの方が、味も香りもしっかりと出ている。

これなら、小麦粉に混ぜて使っても、味はしっかりと残りそうだ。

ただ。

「色が、気になるね」

「へぇ」

皮の赤茶色――佐菜の言葉を借りれば檜皮色だ――が、淡い黄色の粉の色に、細かな斑《まだら》に混じる。

これで、麩餅をつくるとなると、少し見た目が悪くなる。

鮮やかで美しい菓子をつくる父にとっては、間違いなく「しくじり」になるだろう。

だが、皮付きの粉の味の濃さは、捨てがたい。

「それに、ただ麩餅の生地《きじ》に阿米弁糖の粉を混ぜただけでは、面白みがないしねぇ」

父は、白餡に砕いた阿米弁糖を入れたものを、「おもしろさなし」と評していた。

父の菓子の鮮やかさ、『藍千堂』の味、面白さ――。

ちかりと、頭の隅で小さな光が瞬いた。

「茂市っつあん」

その光を見失わないよう、気を付けながら茂市を呼んだ。

「へぇ」

晴太郎とずっと一緒に『藍千堂』の菓子をつくってきた茂市が、晴太郎が捕まえた光に気づいたように、浮き立った返事をした。

晴太郎は、告げた。

「いっそのこと、みんな混ぜてみたら、どうだろう」

晴太郎は、出来上がった麩餅──名もちゃんとつけた──を携《たずさ》えて、『伊勢屋』を訪ねた。

総左衛門の様子を案じている幸次郎も、ついて来た。

正直、かなり心強い。

出迎えてくれた番頭に、総左衛門と夏之助に菓子を届けに来たと伝えると、すぐに奥向きの客間へ通された。

綺麗に整えられ、一切の無駄がないのは相変わらずだけれど、来るたびに感じていた、がらんとしたうら寂しさは消えて、すっきりとした明るさに満ちている。

小父さんも、番頭さん達も、夏之助さんが跡取りとしてやってくるのを、楽しみにしているんだな。

そんなことを考えていると、夏之助を従えて、総左衛門がやってきた。

檜皮色の地にごく細い麴色《こうじ》——赤みを帯びた薄い黄の縞が粗く入った小袖と共の羽織は、どんなめぐり合わせなのだろう。

「菓子を届けに来たと、聞いたが。何事だい」

晴太郎には、髪一筋の隙もないようにしか見えない総左衛門を目の当たりにして、知らず緩んでいた頬を引き締める。

期待と心配がないまぜになった顔でこちらを窺う夏之助に、小さく頷きかけると、晴太郎は切り出した。

「夏之助さんからご注文いただいた菓子が出来上がりましたので、お届けに参りました。こちらです」

手にしていた風呂敷を解き、中の井籠《せいろう》を、腰を下ろした総左衛門と夏之助の方へ滑らせる。

いつも、上菓子を入れて届ける『藍千堂』の井籠ではなく、大振りで無地の黒漆、真四角のものを支度した。

そっと蓋を開けると、酒の匂いと阿米弁糖の香ばしい香りが、淡く立ち上り、井籠一杯にふんわりとふくらんだ、麩餅が顔を出した。

この、滑らかなふくらみを出すのに、晴太郎も茂市も、型に流し込むところから火加減まで、大層気を遣ったのだ。

飾り気のない、ひたすら漆の艶が美しい黒に、麩餅の淡い黄がよく映えたのは、狙い通り。

「これ、は」

珍しく、総左衛門の問いが掠《かす》れている。

やっぱり、お父っつあんと麩餅の話をしていたんだな。

胸の裡のみで呟き、晴太郎は総左衛門に答えた。

「夏之助さんからお預かりした、阿米弁糖を使った麩餅です。菓子の名は『三度目の阿米弁糖』」

「余計な真似を」

晴太郎も、夏之助も見ずに呟いた総左衛門の声は、やけに弱々しかった。

晴太郎は、不服げな総左衛門に構わず、訊いた。

「只今、取り分けさせて頂いても」

晴太郎に応じるように、幸次郎が持ってきた風呂敷を開いた。井籠と揃いの黒漆の小皿と黒文字などを纏めたものだ。

すぐに取り分けられるように、麩餅――「三度目の阿米弁糖」には、一人前ずつ、真四角の格子に包丁を入れてある。

表面の控えめな艶といい、ぷっくりと滑らかなふくらみ具合といい、気合を入れて整えた包丁の格子柄といい、うん、一度きりの大勝負の割に、よくできた。

『伊勢屋』で切り分けるのも驚きがあっていい、という話も出たが、晴太郎としては、切り口の美しさにも拘りたかったので、『藍千堂《みせ》』で丁寧に包丁を入れてきたのだ。

すい、と総左衛門が、「三度目の阿米弁糖」から目を逸らし、少し不機嫌に言った。

「夏之助、阿米弁糖はお前の好きにしろと言ったはずだよ」

小さくなった夏之助に代わって、幸次郎が言い返す。

「ですから、夏之助さんは好きなようになさったんです。小父さんに食べて貰いたい、と」

「小父さん」と呼ばれ、総左衛門の目が鋭くなった。『藍千堂』として菓子を持って来たのなら、ここは「伊勢屋さん」と呼ぶのが筋、と言いたいのだろう。

晴太郎が、弟を取り成す。

「幸次郎は、敢えて『小父さん』と呼んだんです。父と『竹馬《ちくば》の友』だったお人として、皆でつくった、この菓子を食べて貰いたい、と」

総左衛門が、首を傾げた。

「お前と茂市でつくったのではないのかい」

晴太郎は、軽く頭を振った。

「皆、です。様子のおかしい小父さんを心配した番頭さんとおせんさんが夏之助さんを呼び、夏之助さんが阿米弁糖を『藍千堂』へ持ち込んだ。幸次郎とお糸が父の菓子帳を届けてくれ、そこには、呆れるほどいい加減ではありますが、父が手がかりを遺してくれていた。佐菜とおさちも、阿米弁糖をどう生かせばいいか、懸命に考えてくれました。俺と茂市は、仕上げをしただけです」

総左衛門が、虚を突かれたように黙り込む。

そうして、ようやく思い至った、という顔で呟いた。

「それで、夏之助がわざわざ鎌倉から、出てきたのか」

夏之助が、慌てたように訴える。

「番頭さん達を叱らないで下さい」

頑なだった気配を、少しだけ和ませた総左衛門が、夏之助を宥めた。

「叱りはしないよ。これは私の不手際だ。主が奉公人に心配をかけるなぞ、あってはならないことだからね」

幸次郎が、苦く笑って言った。

「心配くらい、させて上げて下さい。夏之助さんも、番頭さん達も、小父さんの身内でしょう。小父さんは、そういう覚悟で『伊勢屋』を守ってきたのだと、思っていましたが」

また、驚いたように総左衛門が黙った。

先刻から見る総左衛門の隙に、晴太郎もまた、密かに驚いていた。

けれど、『伊勢屋』の番頭や夏之助、幸次郎が心配するような隙ではないように見える。

すぐに、総左衛門が「身内か」と呟いた。

それでも、取り分けるかと訊いた晴太郎へ、答えは返ってこない。幸次郎がやんわりと急かした。

「取り分けてもよろしいですか。ご注文通りの品か、確かめて頂きたいのですが」

「注文主は、夏之助だろう。夏之助に訊きなさい。私は遠慮するよ」

幸次郎が、整った笑顔で言い返す。

「小父さんの為につくられた菓子です。小父さんが召し上がらないなら、夏之助さんも同じですよね」

いきなり話を振られた夏之助は、狼狽えたが、こちらの目配せに気づき、すぐに「はい、その通りです」と幸次郎の話――多分、屁理屈とこじつけの合わせ技だろう――に乗ってくれた。

ふむ、と幸次郎が、得心したように呟いた。

「となると、この菓子は誰にも食べられずに終わることになります。たっぷりと使われている阿米弁糖が無駄になっては、珍しいものを苦心して手に入れてくれたお人が、さぞかしお気を落としになるでしょう。ああ、唐物の三盆白も使われていましたね。ご自身で仕入れた自慢の品をぞんざいに扱うとは、伊勢屋さんらしくない。先だってまで『百瀬屋』で威張り散らしていた、どこぞの主と同じ仕打ちだ」

「幸次郎」

弟を呼んだ総左衛門の声が尖ったが、幸次郎は知らぬ振りだ。砕けた物言いに変え、続ける。

「意地を張らずに、さっさと召し上がって下さい。『しくじり』と銘打った、判《はん》じ物のようなお父っつあんの菓子帳を元に、兄さんと茂市っつあんが苦心してつくり上げたんですから。ああ、懐かしさに泣けてきても、今だけは見ない振りをして差し上げます」

なんてことを言うんだ。

晴太郎は、ぎょっとした。

夏之助も、はらはらとした顔で、幸次郎を見つめている。

総左衛門が、むっつりと吐き捨てた。

「誰が、泣くものかね」

幸次郎が、しれっと訊き返す。

「本当に」

疑わしい、と言っているようなもんじゃないか。

晴太郎は気が気ではなかったが、総左衛門の尖った気配が、ふいに緩んだ。

細く長い息を、総左衛門は吐き出した。

力の抜けた声で、呟く。

「幸次郎と、こんな馬鹿馬鹿しい言い合いをするとは思わなかったよ」

それから、穏やかな顔で、晴太郎を促した。

「私と夏之助の分を、取り分けて貰おうか」

飛び上がって喜びたい気持ちを抑え、晴太郎は二切を、慎重に黒漆の小皿に乗せた。

「ほう」

面白そうに、総左衛門が呟く。

やった。

思った刹那《せつな》、総左衛門がちらりと晴太郎を見て、言った。

「してやったり、と思うのはまだ早いよ、晴太郎。どんな菓子をつくったのか、教えておくれ」

顔色を読まれてばかりだ。

自分で自分にうんざりしたが、気を取り直して、井籠の中の「三度目の阿米弁糖」へ視線を落とした。

二人分を取ったので、切り口が見える。

横に綺麗な三層。上と下は麩餅の淡い黄色、真ん中は白餡の穏やかな白に、細かな檜皮色の斑。

狙い通りの見栄えだ。

「阿米弁糖は、皮を除いたものと、皮ごと挽いたもの、二種類の粉にしました。皮を除いた粉は麩餅の種に、皮ごと挽いた粉は、真ん中の層の白餡に混ぜてあります」

砂糖は、麩餅の種にすっきりした味の唐物、白餡には阿米弁糖の濃い味を引き立てる、こくのある讃岐物と使い分けた。勿論どちらも『伊勢屋』から仕入れている三盆白だ。

本来麩餅に使う古酒は、匂いが阿米弁糖の香りに勝ってしまうので、少し酒の飛んだ酒粕を水で伸ばして使った。いい塩梅の大人しさとこくが出た。

また、阿米弁糖の粉の持つ油気が、蒸した時の膨らみを邪魔するので、少しふくらし粉を使った。

饅頭は山芋を使う薯蕷饅頭《じょうよまんじゅう》しかつくらない『藍千堂』では、あまり使うことはないが、饅頭の皮などに、昔から使われている粉だ。

さすがに、阿米弁糖の粉と小麦粉、ふくらし粉の割合だけは「一度きりの大勝負」とはいかず、何回か試しにつくってみた。一袋目の阿米弁糖を使い切る前に、いい塩梅を探し出せた時には、茂市と二人、安堵の溜息を吐いた。

仕上がった麩餅は、普通の麩餅よりもしっとりとして肌理《きめ》が細かく、それでいて、軽やかだ。

滑らかで綺麗なふくらみは、ふくらし粉のお蔭だろう。

蒸し上がった麩餅を横に二つに分け、間に皮ごと挽いた阿米弁糖粉を混ぜた白餡を挟んだ。

真ん中の層は、羊羹に仕立てれば、切り口は簡単に綺麗にできる。

けれど、晴太郎は、しっとりと軽やかな麩餅の食べ心地を際立たせたかった。

それには、硬い羊羹よりも、白餡だ。

父が、「おもしろさなし」と「しくじり」に入れた阿米弁糖入りの白餡、阿米弁糖の粉二種、『藍千堂』の味の要《かなめ》を担ってくれた二種の三盆白。

みんな混ぜてみたら、面白い菓子が出来た。

ただ、佐菜に言われた「檜皮色」は、白餡に入れられたが、さちが好きだと言った阿米弁糖の歯ざわりは、足すことが出来なかった。

真ん中の層を白餡にしたのと同じだ。どうしても、あの歯ざわりが目立ってしまい、あきらめざるを得なかった。

さちに詳しい菓子のつくりを話して詫びると、大人びた顔で「さちも、そう思う。多分、あの『かりっ』は楽しいけれど、とと様の考えてる菓子には邪魔です」と言ってくれた。

まるで、一人前の職人のような言い振りだ。

我が娘は、どこへ向かっているのだろう。

頼もしくはあるが、ちょっと心配でもある。

女絵師として稼いでいた佐菜は、色々苦労したようだ。

菓子司の女主として『百瀬屋』を束ねているお糸への世間の風当たりは、消して弱いものではない。

さちが菓子職人を目指すというのなら、後押しするつもりでいるが、女子の身では苦労は多いだろう。

「兄さん、しっかりしてください」

小声で幸次郎に叱られ、我に返ると、総左衛門にも呆れかえった顔で問われた。

「菓子の口上は、仕舞いかい」

「はい」

「途中で、『心ここにあらず』のにやけ顔になったから、菓子に何か不都合があったのかと、気を揉んだよ」

にやけ顔、と言われてしまった。

さちのことを考えていたと見透かされたのは、間違いない。

「すみません」

歯切れ悪く詫びた晴太郎を、ちらりと見てから、総左衛門は柔らかな声で促した。

「不都合はないそうだから、頂こうか、夏之助」

夏之助は、嬉しそうだ。

総左衛門が、次いで夏之助が、黒文字を「三度目の阿米弁糖」に落とす。

ぽふっと、表面が軽く沈んだ後、すっと黒文字が菓子に吸い込まれる。

「柔らかい」

夏之助が、驚いた声を上げた。

総左衛門が、三層を縦に綺麗に切り取って、一口。

ふう、と口許が緩んだのを、晴太郎は見逃さなかった。

再び、弾んだ夏之助の呟きが聞こえた。

「口の中で、あっという間に溶けてしまいました」

総左衛門は、何も言わず、ゆっくりと菓子を味わっている。

もう、終わってしまった、という夏之助の切ない呟きが、何よりの褒め言葉だ。

夏之助よりも少し遅れて、総左衛門も綺麗に食べ終えた。

ゆっくりと息を吐き、目を細めて総左衛門は語った。

「想い出すよ。阿米弁糖、阿米弁糖と喧《やかま》しかった清右衛門を」

「清右衛門」は、総左衛門にとって、今でも父の名だ。

「これが、あいつの思い描いていた阿米弁糖の菓子か」

常に品のいい言葉を使っている総左衛門が、「あいつ」と言ったのを、晴太郎は初めて聞いた。

清々しい目をして、総左衛門が続ける。

「清右衛門との騒がしくも楽しかった日々は、かえって寂しさを呼ぶ。そう思っていたけれど、こうして折に触れて振り返るのも、案外いいものだね」

よかった。

晴太郎は、安堵と嬉しさを、同じだけ感じた。

楽しかった想い出に触れ、元気を取り戻して貰う。

夏之助の注文通りの菓子が、出来た。

——親方じゃなく、晴坊ちゃまの菓子で、いいんですよ。

茂市に言われて、吹っ切れたつもりでいたけれど、『藍千堂』の味もちゃんと出せているだろうか。

工夫は皆、父の「しくじり」から引っ張ってきている。

晴太郎の、小さな心配を見透かしたように、総左衛門は告げた。

「これは、清右衛門の菓子ではない。お前の菓子だよ、晴太郎」

総左衛門は、今日一番嬉しそうな顔をしている。

「清右衛門なら、こうはしない。白餡に阿米弁糖を混ぜる工夫は、『しくじり』の中に入れてしまったから、もう見向きもしない筈だ。そこから拾い上げて、面白いことを思いつくのは、晴太郎ならではだね。あいつの息子なのに、諦めが悪い」

「ありがとうございま、す」

礼が、途中で切れかけたのは、許して貰おう。

褒められているか、皮肉に紛れさせたいつものお叱りなのか、分からない。

「褒めて下すってるんですよ、兄さん」

幸次郎、そっと教えてくれたのは有難いけど、夏之助さんに聞こえているよ。だって肩が、茂市っつあんみたいに、震えてるじゃないか。

さて、とひとつ思い切るように、総左衛門が呟いたので、晴太郎は視線を向けた。

総左衛門が、まずは夏之助に詫びた。

「夏之助。急に呼び出してしまって、申し訳なかったね。鎌倉の親御さんも気が気ではなかったろう」

晴太郎は、総左衛門の言い振りに引っかかった。それは幸次郎も、言われた夏之助も同じだったようだ。硬い顔で話の続きを待つ。

総左衛門が、

「私が、呆けていたことだけれど」

と静かに切り出した。

「初めは、番頭さん達が言うように、夏に少しの間預かったおさちが帰ってしまって、少し寂しかったんだよ。でも、晴太郎達の元へ戻ったおさちの、嬉しそうで寛いだ様子を見て考えた。やはり、二親《ふたおや》の元にいるのが、子供にとって一番なんだろう。だったら、夏之助も親御から引き離してはいけないと、ね」

思わず、晴太郎は身を乗り出した。

それは違う。

でも、夏之助は何も言わない。

当人が何も言わないのに、口を挟む訳にはいかない。

夏之助と総左衛門は、本当に仲が良くて、気が合っているようにも見えて、晴太郎は微笑ましく感じていた。

けれど夏之助は、本心では二親の元を離れたくないかもしれない。

誰も口を挟まないまま、総左衛門が抱えていた迷い、いや、覚悟は、静かな声で語られていく。

「見込みのある手代を、後継ぎに育ててもいいと、思っている。本当なら番頭さんに跡を頼むべきなのだろうが、年の頃は私と同じだし、あのひとは根っからの番頭だからね。店の主には向かない。当人も重荷だろう」

夏之助は、今にも泣きだしそうだ。

なのに、総左衛門は夏之助を見ない。

噛みしめていた唇をゆっくりと解き、夏之助は訊いた。

「それは、もう私は用なし、ということでしょうか」

平坦な痛々しい声だ。

総左衛門は、暫く口ごもった後で、答えた。

「お前は、まだ十三だ。親御と別れるのは辛いだろう」

「もう十三です。奉公に出ることもある歳ですっ」

強い言葉に、総左衛門は押されたように口を噤んだ。揺れる目で夏之助を見ている。

夏之助が、総左衛門の傍らから正面へ移って、訴えた。

「お父っつあんが、私を養子に迎え入れることを躊躇《ためら》っているのは、この節句に来た時から、なんとなく感じていました。私に『伊勢屋』の跡取りは務まらない。お父っつあんが、そう考えているのなら仕方ないとも思った。でも、そうじゃなかった。親御と別れるのは辛いだろうって。ええ、辛いです。私は、もうあなたを、お父っつあんと呼んでいます。私を父から、引き離すのですか。その辛さを慮《おもんぱか》ってくれる、そのあなたが——」

子供のような仕草で、夏之助は手の甲で目をごし、と拭った。

総左衛門が、戸惑っている。

思いがけず我が子に泣かれた、物慣れぬ父親のような顔つきだ。

顔つきと同じほど戸惑った口ぶりで、総左衛門は訊ねた。

「鎌倉の親御と別れるのは、寂しくないのかい」

「鎌倉なんて、すぐです。今だって、番頭さんから急ぎの文を貰って、すぐに来られたじゃあありませんか」

「だったら、普段は鎌倉にいて、会いたくなった時に神田へ出てくればいい」

「それじゃあ、あなたは私のお父っつあんではなくなってしまいます」

すごいな。

ぐしぐしとべそをかきながら、総左衛門を言い負かしてしまった。

幸次郎より、総左衛門に強いかもしれない。

幸次郎が、笑いを堪えながら割って入った。

「小父さんの、負けですよ。大体、番頭さん達が心配するほど悩むということは、小父さんだって、本音は夏之助さんを手放したくないんでしょう」

暫く黙った後、飛び切り不機嫌な声で、総左衛門は言った。

「幸次郎、うるさいよ」

それから、藍染の手拭いを夏之助に渡して宥める。

「泣き虫では、『伊勢屋』の総領息子は務まらないよ」

束の間の静けさの後、夏之助は声を上げて泣き出してしまい、すっかり狼狽えて夏之助の背中を擦《さす》る総左衛門の姿に、晴太郎と幸次郎は必死で笑いを堪える羽目になった。


総左衛門は、奉公人達に自分の体たらくの理由を伝えて詫び、夏之助が年明けに養子に入ることを、改めて伝えた。

それから、残りの「三度目の阿米弁糖」を、「夏之助からだ」と言って振舞ったそうだ。奉公人達は大喜び、取り分け番頭は、「これが、あの時の菓子ですか」と目を潤ませてしまい、夏之助に慰められていたという。

いずれまた、阿米弁糖が手に入ったら、その時は同じ菓子をと、今から『藍千堂』に注文が入っている。

きっと、『伊勢屋』の皆で味わってくれるのだろう。

それから、夏之助が鎌倉へいつ戻るのか、夏之助と総左衛門でちょっとした諍いがあったそうだ。

せめて、実の二親と少しでも長く過ごして欲しいと願う総左衛門と、このまま年明けまで留まらせて欲しいという夏之助、どちらも譲らなかったというのだから、つくづく、夏之助は強い。

見かねた番頭が間に入って、九月いっぱい『伊勢屋』にいることになったそうだ。

――おさちお嬢さんが、夏之助さんと遊ぶのを楽しみに待っておいでのようですよ。

番頭のその言葉が効いたらしいと、夏之助に聞かされ、晴太郎は笑った。

預かった阿米弁糖の残りは、夏之助が『藍千堂』へ譲ってくれた。

総左衛門が「好きにしなさい」と言ったのだから、好きにさせてもらう、といい笑顔で告げられたので、遠慮なく頂戴することにしたのだ。

晴太郎は、早速「三度目の阿米弁糖」をつくり、西の家へお糸を呼んで、佐菜とさち、茂市、幸次郎も交えて味わった。

総左衛門に言った通り、皆でつくった菓子だ。皆で味を見るのがいい。

幸次郎と茂市、さちが、阿米弁糖の味や菓子の工夫の話に花を咲かせる中、佐菜が幸せそうな顔で静かに味わっている姿を見て、阿米弁糖が入ったら、うちにも分けて貰ってまたつくろうと心に決めたことは、内緒である。

夜更け。

晴太郎は、ひとり『藍千堂』へ戻った。

仕事場に明かりを灯し、父の菓子帳に目を通す。

ことり、と小さな音がして振り返ると、手燭を手にした幸次郎の姿があった。

黙って晴太郎を見下ろす弟に、晴太郎から声を掛けた。

「『百瀬屋』さんに返す前に、ちょっと読ませて貰おうと思ってね。阿米弁糖の菓子を探すので、手一杯だったから」

やれやれ、と言う風に幸次郎が息を吐き、晴太郎の側に腰を下ろすと、「しくじり」の一冊を手に取った。ぱらりと開き、気のない風で眺めながら、言う。

「返すと言って、お糸が受け取ると思いますか」

「やっぱり、そういう魂胆だったか」

幸次郎が、お手上げという風に冊子を閉じ、呟く。

「私には、読み解けそうにありません」

晴太郎は笑った。

「お父っつあんは、生真面目で繊細なのか、型破りで大胆なのか、分からない人だったからね」

幸次郎が、訊いた。

「私がお手上げなんです。お糸が、ましてや、当代清右衛門の指図通りにしか動けないでいた『百瀬屋』の職人達が、読み解けると思いますか」

「幸次郎」

「ひとりの職人が歩んできた証《あかし》です。納戸に仕舞いこまれ、誰も見ないまま朽ちさせてはいけない」

晴太郎は、少し考えてから、迷う胸の裡を打ち明けた。

「俺だって、お父っつあんの菓子帳は手元に置きたい。茂市っつあんにも、読ませてやりたい。でも、お糸の負い目に付け込んでいるような気がしてね」

「付け込むのではなく、お糸が負い目なしにあの菓子をつくることができるように、してやってはくれませんか」

ああ、と晴太郎は頷いた。

お糸が、読みにくい父の「覚書」から見つけた菓子。

白餡に、梔子《くちなし》で山吹色に染めた栗の砂糖煮の欠片を混ぜた「栗餡」でつくった金鍔で、丸い金鍔の中心に、栗の小さな欠片が数粒、ぱらりと乗っている絵が添えられていた。

中の栗は、ごろりと大きめにして、薄い金鍔の皮から山吹色が透けて見える、鮮やかで上品な菓子が身上の、父らしい「変わり金鍔」である。

そして、『百瀬屋』の婿になる者として知り合い、店を盛り立てる「同志」になり、お糸を置いてあの世へ行った彦三郎が遺した菓子を思い起こさせる、菓子だ。

――こちらの白餡で、金鍔をつくってはいただけないでしょうか。きっと、お糸さんがお好みではないかと。

お糸には言わず『藍千堂』を訪ね、そう頼んできた時の、彦三郎の嬉しそうな様子が、晴太郎は忘れられずにいる。

晴太郎がつくったものには陳皮《ちんぴ》――乾かした蜜柑《みかん》の皮を使っている。栗と陳皮の違いこそあれ、同じ白餡の金鍔だ。

お糸が見つけた父の菓子帳にあれを見た時、幸次郎の心情を慮りながらも、めぐり合わせというのは、あるものだなと、晴太郎は思った。

お糸が、同志の残した菓子によく似たものを、『百瀬屋』でつくりたくなるのは、無理もない。

「幸次郎は、それでいいのかい」

訊ねた晴太郎に、幸次郎は屈託なく笑った。

「お糸の望み通りに。それが一番です」

「そうか」

晴太郎は、深い息を三度繰り返し、幸次郎に告げた。

「お糸に、いつでもいいから、お父っつあんの菓子帳を届けてくれるよう、伝えておくれ」

安堵したように笑って「はい」と応じた幸次郎だったが、少し思いつめた顔で切り出した。

「それから、お父っつあんとおっ母さんの位牌ですが」

晴太郎は、すぐに答えた。

「あれは駄目だよ。お糸に残った、たったひとつの縁《よすが》だ」

短い間を置いて、幸次郎がぽつりと呟いた。

「兄さんも、お糸の本音に気づいていましたか」

「気づかない訳ないだろう。俺達の従妹だよ」

お糸は、彦三郎と語り合ったのだという。

これからの『百瀬屋』をどうするか。

彦三郎との話のお蔭で、その道筋が見えたのだとも、聞いた。

いつ、どんな時に食べても同じ味を。

「『百瀬屋』の菓子は、こういう味だ」と信じている客を安心させる、変わらぬ味を。

そして、『百瀬屋』に、先代の頃の賑わいを。

その道筋の先を共に見届けてくれる筈だった彦三郎は、いない。

代わりになるのが、晴太郎の父母の位牌だ。

二人に見守って貰えている。見届けて貰える。その縁があるから、お糸は踏ん張れている。

たとえお糸が望んでも、お糸からその縁を取り上げる訳にはいかない。

晴太郎は笑った。

「お父っつあん、おっ母さんは、位牌がなくても、『藍千堂《ここ》』にいるしね」

幸次郎が、まじまじと晴太郎を見つめた後、ぽつりと呟いた。

「私は、一生兄さんには、敵わないんでしょうね」

「いきなり、何を言い出すんだい。その『兄さん』を叱ってばかりのくせに」

「あの」

呼び掛けたきり口ごもった弟を、晴太郎は「何」と、軽く促した。

「兄さんは菓子づくりの修業で、すごく苦労したのだと思う。お糸がそんなことを言っていました」

それは、本当ですか。

声にならない問いが、聞こえた気がした。

晴太郎は、からりと答えた。

「俺は、器用じゃなかったからね。篦《へら》の使い方や金鍔の包み方なんかは、手に馴染むまで、幾度も修練したな。懐かしいよ」

幸次郎が、驚いた顔になり、次いで申し訳なさそうに俯いた。

「私はずっと側にいたのに、お糸に言われるまで、才に溢れる人で、菓子のことでは苦労したことがないのだと、思っていました。兄さん――」

要らぬ詫びを入れそうな幸次郎を遮って、晴太郎は言った。

「『苦労したこと』を褒めて貰いたくて苦労した訳じゃないから。それに、幸次郎、お前だって寝る間を惜しんで、算術や商いのあれこれを、一生懸命学んでたじゃないか。俺のことに気づかなくて当たり前だよ。お前が頑張っているから、俺も頑張れた」

「わ、私は、その。算術も商いも、楽しかったから夢中になっただけです」

「俺も同じだよ。菓子づくりが楽しかったから夢中になった。兄弟だな」

幸次郎は、暫く込み入った顔をしていたが、やがて照れたように笑って頷いた。

「そうですね。似ていないようで、似ているのかもしれません」

そろそろ帰らないと、佐菜が心配するな。

でも、もう少し、兄弟水入らずで話をしたい。

晴太郎はそう思いながら、弟に笑い掛けた。

二話

お糸の啖呵と「栗餡《くりあん》の金鍔《きんつば》」

「晴《はる》坊ちゃま。親方の菓子帳に、何かごぜぇやしたか」

気遣《きづか》わし気に、茂市《もいち》が訊いた。

総左衛門《そうざえもん》に阿米弁糖《アメンドウ》の麩餅《ふもち》「三度目の阿米弁糖」を食べて貰ってから十日経った八《や》つを半刻《はんとき》ほど過ぎた頃のことだ。

お糸《いと》と話をした日のうちに『百瀬屋《ももせや》』から届いた、父の菓子帳や書は、西の家の二階、使っていない部屋に収めた。

『藍千堂《あいせんどう》』は手狭だし、店を開けている間は、じっくり読む暇もない。

ただ、最初《はじめ》に幸次郎がお糸から借りてくれた、阿米弁糖の菓子を調べるための菓子帳は、『藍千堂《みせ》』に置いたままだ。

晴太郎《はるたろう》と茂市は、昼飯の後や、ひと息入れる八つ刻《どき》、少し手が空いた折などに、気の向くまま父の菓子帳を紐解《ひもと》いている。

今日届ける分の誂《あつら》え菓子をつくり終え、明日の菓子の仕込みや下拵《したごしら》えには目途《めど》がつき、客足も途切れて、めずらしく、何もすることがない時が出来たので、父の菓子帳のうち、贔屓客《ひいききゃく》向けのものを読み始めた。

知らぬ間に、夢中になっていたようだ。

茂市が近くに来たことにも気づかなかった。

「何かって」

茂市に問い返すと、茂市は「その」と一度言い淀《よど》んでから答えた。

「随分、難しい顔をなすってらしたので」

「そうかな」

「へぇ。ここが」

茂市は、自分の眉間《みけん》をぐりぐりと指で擦《こす》って見せた。

ああ、と晴太郎は少し笑った。

「うん。お父《と》っつあんの菓子、こんなだったかな、と思って」

茂市が、首を傾げてから言った。

「そりゃ、まあ。室町《むろまち》に店を移してすぐくれぇの菓子帳ですから」

晴太郎が生れる随分前のことだと、言いたいのだろう。

「そうなんだけどね」

「覚書」や「しくじり」を読んでいる時は、気にならなかった。

でも、贔屓客向けに、きちんと整えられた菓子帳を見た時、「おや」と思ったのだ。

その「おや」は、読み進めるごとに、大きくなっていった。

菓子帳の中には、晴太郎が見たことのある菓子もあった。

父の『百瀬屋』で永く親しまれていた、ということだろう。

なのに、これは本当に父のつくる菓子なのだろうか、という思いが消えない。

きっと、「覚書」や「しくじり」と違って「余所行《よそ》き」な分、父の気配が小さいからなのかもしれない。

茂市と晴太郎、幸次郎《こうじろう》は今まで一心に頑張ってきた。

父の菓子を。父の菓子の味と菓子づくりの心意気《こころいき》を、生き返らせる、と。

なのに。

晴太郎は、また手にした菓子帳を見据えた。

「草の毬《まり》」と題された、茶席の為の菓子の見本が、そこには描かれていた。

白餡《しろあん》とつくね芋《いも》だけでつくられた、菓子だ。まん丸に纏《まと》められた餡は、緑から黄色に変わる繊細な濃淡が縦にぐるりと一周していて、更に篦《へら》で毬の細く浅い筋が入る。縦だけではなく、横、斜めと、本物の毬を飾る糸のように。

どこを持ってこの繊細な筋を入れるのか。交わる筋が、先に入れた筋を消すのではないか。

父の鮮やかな技に舌を巻く一方で、自分ならという思いが溢《あふ》れる。

白餡につなぎのつくね芋を混ぜてつくる菓子には、品の良さと静けさがある。

晴太郎が、梅雨の頃につくった菓子「桐《きり》の花」が、そうだ。

でも、毬は子供が遊ぶ、「元気のいい玩具《おもちゃ》」だ。子供らしい驚きやしなやかさが欲しい。

つなぎは、餡が柔らかく仕上がる葛《くず》。

芯に使う餡玉は、小豆《あずき》の漉《こ》し餡。芯を包む白餡に篦で入れる筋は、縦のみで控えめに。

白餡には丁寧《ていねい》に擂《す》り潰した蓬《よもぎ》を混ぜ、混ぜ切る前にできる斑《むら》も、筋に見立てる。縦に入れた筋と絡み、色々な模様が浮かんで、きっと面白い。

柔らかな舌触り、あっさりした白餡に交じる蓬の爽やかな香りとほろ苦さ、芯には小豆の風味が濃い漉し餡。そうだ、「毬」の下に白餡を若草色に染めたそぼろ餡――餡を裏漉しにかけ、細かな粒にしたものを添えよう。しっかり丸めた餡と、ふんわり軽いそぼろ餡、くちどけの差も楽しめる。見た目は、瑞々しい草の上に置いた毬のようになる。

そこまで、浮かれた気分で考えて、はっとした。

やはり、違っている。

菓子帳にある父の菓子と、自分がつくる菓子は。

菓子帳で、あの白い金鍔を見つけた刹那《せつな》、時が止まり、音が消えた——。

＊

お糸は、先代清右衛門《せいえもん》の菓子帳、「覚書」を見つめていた。

幸次郎が晴太郎を説き伏せてくれたお陰で、『百瀬屋』が奪っていた菓子帳を全て『藍千堂』へ返すことができた。

手元にある「覚書」は、晴太郎からお糸が借りている、という格好になっている。

先代の菓子帳も書も、全て返す。代わりに、譲って欲しい菓子がある。

そう強請《ねだ》って、得たものだ。

昨年の秋の初め、父がお糸の婿にと連れてきた彦三郎《ひこさぶろう》は、これまでと違う男《ひと》だった。

それまでの父は、いい、ぼんくらばかり、お糸の婿に迎えようとしていた。

商いにも菓子にも口を出さない、父にとって都合のいい男だ。

ぼんくら過ぎて要らぬ騒動を起こしたり、お糸が頑なに抗《あらが》ったこともあって、縁談は全て流れたけれど。

目の敵にしていた『藍千堂』の従兄達《あに》――矛先は、主に晴太郎だった――に、少しずつ歩み寄っていたせいか、それとも父自身が彦三郎を気に入ったのか、父が選んだとは思えない程、いい人だった。

穏やかで人当たりが良く、偏屈で頑固な父にも上手く接していた。

あの父が、商いや菓子のあれこれを、熱心に教え込んでいたほどだ。

お糸にとっても、彦三郎は「大切な人」になった。

お糸は、父が中気《ちゅうき》で倒れる前から、『百瀬屋』をなんとかしたいと考えていた。

先代清右衛門がつくり上げた味を捨て、客の選り好みや、商い相手への阿漕《あこぎ》な仕打ちを、平気でする。そんな店が、いつまでも受け入れられるはずがない。

今はまだ、先代がつくり上げた『百瀬屋』の名声で、満足な商いが出来ている。

でも、遅かれ早かれ、父のやり方では『百瀬屋』は傾く。

砂糖と小豆の質を先代の頃に戻し、阿漕な真似を止めて世間に信用して貰える商いをし、職人達が生き生きと立ち働く、先代が束ねていた頃のような『百瀬屋』に戻すのだ。

そう決めていても、何をどうすればいいのか、どんな菓子を目指せばいいのか、まるで分からなかったお糸へ、彦三郎は道を示してくれた。

『藍千堂』と同じ土俵に上がる要なぞない。客は、いつ食べても変わらない『百瀬屋』の菓子に安心する。そこを伸ばせばいいのだと。

彦三郎は、お糸のやりたいことを全て認めてくれ、後押しをすると言ってくれた。いい話し相手になってくれたし、芝居の楽しみ方など、菓子に留まらない好みも、不思議な程合った。

色恋のときめきは、感じなかった。

今でも、お糸が好いている相手は、幸次郎ひとり。

彦三郎は、それでもいいと、言った。

形だけの婿として、お糸の傍らに在れるだけで、いい。

大きな病を抱えて、自分の命があまり長くないと知っていた癖に、身体はもうぼろぼろだった癖に、平気な顔で病を隠し、あの男はお糸に言ったのだ。

ただ、お糸の側《そば》にいたい、と。

そうして、お糸が何を考えているのか、誰よりも良く分かって、一番近いところにいてくれた。

父は『百瀬屋』大事、母はそんな父が大事。『藍千堂』の従兄達は、お糸を案じ、助けてくれるけれど、傍らに並んで歩いてくれる訳ではない。

同志だと、思った。

そんな彦三郎がお糸に遺した、菓子。

お糸を驚かせたいと、こっそり晴太郎につくって欲しいと頼んでいた、白餡の金鍔だ。

白餡に合わせたものこそ、陳皮《ちんぴ》——この工夫は晴太郎だけれど——と栗の違いこそあれ、お糸が好みそうだと彦三郎が想い、可愛くて美味しいとお糸が感じた、同じ金鍔。

彦三郎は、ひとり逝《い》ってしまい、共に味わうことが叶わなかった、菓子。

忘れられるはずが、なかった。

「覚書」に載っているこの白い金鍔も、晴太郎がつくってくれた彦三郎の金鍔も、どちらも『藍千堂』のものだ。

それでも、つくりたかった。

彦三郎が、「お糸と共に盛り立てていきたい」と思っていただろう、この『百瀬屋』で、どうしてもつくりたかったのだ。

そうは思っても、いざ、手掛けるとなると、なかなか踏ん切りが付かない。

伴次《はんじ》に頼みたくは、なかった。

あの傲慢な男の手に委ねたら、伯父の金鍔も彦三郎の金鍔も、違う物に変わってしまう気がしたのだ。

だが、他の職人達には荷が勝ちすぎるのではと、迷った。

三人とも『百瀬屋』の職人として長く働いてくれてはいるが、先代の頃の『百瀬屋』は知らない。

晴太郎に「栗餡の金鍔」を譲って貰ってから心が決まるまでに、半月《はんつき》掛かった。

伴次が仕事を終え、片付けを古株の職人達に押し付けて帰っていくのを待って、お糸は仕事場に声を掛けた。

父、当代清右衛門が中気で倒れた後も店に残ってくれた職人は三人、一番年嵩から東《とう》吉《きち》、久蔵《きゅうぞう》、駒助《こますけ》という。

東吉は実直で面倒見がいい。久蔵は少しそそっかしいところがあるが、目端が利く。駒助は年下だが一番の古株、気弱で物静かだ。

「三人に頼みたいことがあるのだけれど、いいかしら」

気弱な駒助が、手にしていた篩《ふるい》を取り落とした。

「す、すいやせん、お嬢さん」

元々気が弱かった駒助だが、このところちょっとしたことで、怯《おび》え、狼狽《うろた》えるようになってしまった。

原因《もと》は、多分、伴次だ。

あの男が来てすぐの頃は、確かに、三人とも指図をしてくれる職人が来たことを喜んでいたのだ。

だが、伴次の日に日に増していく理不尽、傲慢さと合わせるように、駒助の気弱も酷《ひど》くなっていった。

「驚かせてしまったわね。ごめんなさい」

「い、いえっ。そんな、お嬢さん――」

駒助の語尾が、弱々しく萎《しぼ》む。

駒助は、東吉に背中を押されるようにしながら、三人はお糸の側へ集まってきた。

広い仕事場の出入り口には、気配を消したお早《はや》が立っている。

店の中まで、用心棒に徹しなくてもいいのに。

大袈裟だとお糸は思ったが、先日、伴次は許しも得ずに奥向きへ入ってきた。

それを許したのは自分だ、出遅れたと、お糸に詫《わ》びたお早の悔しそうな顔を思えば、少し大袈裟になっても、仕方ないのかもしれない。

板の間に腰を下ろし、三人にも座るよう促す。

駒助が、おどおどと身体を動かしているのを見て、お糸は切なくなった。

主《あるじ》は、奉公人に侮られても、怯えられても駄目だ。

なのに、不遜《ふそん》な職人には侮られるし、真面目な職人には怯えられるし。

これから、やっていけるのだろうか。

萎んでしまいそうな心を引き上げて、お糸は手にしていた菓子帳を広げ、三人に見せた。

東吉が、お糸に訊く。

「お嬢さん、こいつは」

「『百瀬屋』先代主の菓子帳です。ご贔屓の皆様にお見せしたものではなく、先代が考えた菓子の覚書だけれど」

一斉に、職人達の目が輝いた。

三人にしてみれば、初めて見る「主の菓子帳」だ。

菓子帳を『百瀬屋』の者なら誰でも見られるようにしていたのは先代で、お糸の父が晴太郎を追い出してからは、先代の菓子帳だけでなく、自分が手掛けた菓子帳も、職人に見せることがなくなった。

要らぬ知恵をつけさせないためだそうだ。

屈託なく喜んでいるのは、この菓子帳がずっと『百瀬屋』にあったことを知らないからだ。

『藍千堂』と『百瀬屋』が、長いこと仲違《なかたが》いしていることは承知していても、まさか先代が遺した菓子帳を、忘れ形見から取り上げているとは、考えないだろう。

それほど、菓子帳は職人にとって大切なもので、それを取り上げるのは阿漕な真似、ということだ。

伴次のことなど、言えた義理ではない。

いけない、考えがまた良くない方へ、逸れてしまった。

お糸は、軽く頭を振ってから、この、と開いた菓子帳を指して話を続けた。

「『栗餡の金鍔』を、『百瀬屋』でつくりたいの。『藍千堂』さんからは、お許しを頂いています。三人に、出来るかしら」

吃驚仰天《びっくりぎょうてん》、とはこういう様を指すのだろう。

三人揃って、目を丸くし、じっとお糸を見つめている。

返事をする気配がないので、もう一度「出来そう」と訊ねる。

おずおずと、東吉が訊き返した。

「こいつを、あっし達がですか」

「ええ」

「伴次さんじゃなく」

「そう」

東吉が、少し間を置いて、また訊いた。

「訳を、伺ってもよろしゅうございやすか」

重ねていた両の掌《て》に、そっと力を込めて、答える。

「彦三郎さんが考えた金鍔と、よく似ているの」

はっとして、三人が顔を見合わせた。

それから、哀しそうな顔になって、目の前の菓子帳に視線を落とす。

駒助は、今にも泣きだしそうだ。

「そうですか、彦三郎さんの」

東吉が、しんみりした声で呟《つぶや》く。

職人達とも気さくに言葉を交わし、皆から好かれていた彦三郎らしいなと、お糸はほろ苦く笑った。

きっと、『百瀬屋』のいい婿になっただろう。

それを自分が受け入れたかどうか、お糸は今でも分からないけれど。

東吉が、久蔵と駒助を見て、「どうだ」と小声で確かめた。

久蔵は、戸惑った顔で視線をさ迷わせていたが、一度、菓子帳とお糸を見比べると、腹を据えた顔で、駒助の名を呼んだ。

落ち着かない様子から一転、菓子帳を食い入るように見ていた駒助が、誰とも目を合わせないまま、か細い声で「へぇ」と応じた。

久蔵が、勢い込んで駒助に続く。

「伴次さんにゃあ、決して気づかれねぇように、いたしやすっ」

すかさず、東吉が久蔵を咎《とが》めた。

「おい、お嬢さんに向かって、気易い口を――」

「いいのよ」

お糸は、笑って東吉を止めた。

多分父であれば、久蔵の口の利き方を叱っただろう。父は、職人に対してとりわけ厳しく接していた。

その父の下で長年働いてきたのだ。仕方がないと分かっているけれど、お糸は、職人達が未だに打ち解けてくれないことを、寂しく思っていたのだ。

それに、伴次には、彦三郎が遺した菓子を任せたくない。お糸と同じことを考えてくれた。

どちらも、嬉しかった。

「お願いね」

悪戯《いたずら》な顔で応じてから、ふと気づいて呟く。

「皆、『百瀬屋』で働いてくれているのに、贔屓をしてはいけないかしら」

これも、主にあるまじき行いになるのかもしれない。

心配になったが、この金鍔だけは譲れない。

このことだけは、「我儘な総領娘《そうりようむすめ》」として、振舞わせて貰おう。

お糸を後押しするように、三人は大きく首を横へ振ってくれた。

砕けた仕草にも、心が弾む。

お糸は、「ありがとう」と礼を言ってから、菓子帳を閉じ、東吉へ手渡した。

そっと伸ばした東吉の手は、微《かす》かに震えていた。

「三盆白《さんぼんじろ》も白餡の大角豆《ささげ》も、好きなだけ使って頂戴。いい栗もすぐに仕入れるわ。この菓子帳は預けるけれど、『藍千堂』さんからお借りしているものだから、大切にね」

仕事場を去り際、ふと振り返ると、早速三人は、菓子帳を開いてあれやこれやと、語り合っていた。

このところ、暗い顔をしがちだった三人の楽し気な様子に、お糸はお早とこっそり笑い合った。

少しずつ、職人達と間合いを詰めていけたらいい。

それから五日、店を閉めた後に騒ぎは起きた。


「それで、私の留守中に、何があったの」

お早を連れて一日贔屓客回りに出ていたお糸は、零《こぼ》れそうになる溜息を吞み込み、番《ばん》頭《とう》の由兵衛《ゆへえ》に確かめた。

今、『百瀬屋』で商いに携わる奉公人は、番頭と二人の手代だけだ。いくら客が減ったとはいえ、外回りをしているゆとりはない。

畢竟《ひっきょう》、贔屓客へのご機嫌伺いや菓子を届けるのは、お糸の役目になる。

今日は、一番仕舞いに訪ねた、噂好きの常磐津《ときわず》の師匠に捕まってしまい、戻ったのは暮れ六つ過ぎ、とうに店を閉めた後で、お糸の帰りを待ってくれていた由兵衛から、伴次がまた騒ぎを起こしたと聞かされた、という訳である。

伴次が少し『百瀬屋』に慣れたら、いよいよ菓子帳をつくって少しずつ誂え菓子の注文をとる。店を立て直す大きな一歩になる筈だ。そこへ繋げるために、お糸は菓子帳も持たず、残った職人達でつくることの出来る煉羊羹《ねりようかん》や薯蕷饅頭《じょうよまんじゅう》での商いを、贔屓客を回って続けてきた。伴次が使えるようになるまでの辛抱だ、と。

けれど、肝心の伴次がこれでは、危うい。

菓子をつくった職人に会いたいと言われても、会わせられないではないか。

「それが、その」

由兵衛が苦々しい顔で、口ごもる。

「伴次さんのことなら、もう大概《たいがい》のことでは、驚かないわ。尋吉《ひろきち》と言い合いでもしたの。それとも、他の職人を厭《いや》な言葉で叱った」

問うたお糸からそっと目を逸らし、由兵衛は答えた。

「『伊勢屋《いせや》』さんへ、行かせろ、と」

「は」

と、問い返した語尾が、勢いよく上がった。

それだけでは足りず、お糸は更に訊く。

「なんですって」

「その、三盆白は自分以外の職人には、贅沢《ぜいたく》だ。東吉達三人の使う分を上白《じょうはく》に変えて貰うよう話してくる。砂糖の仕入れ値を下げられれば、ぱっとしない商いの足しにもなるだろう、と」

こめかみの鈍い痛みを堪《こら》えて、お糸は言葉を絞り出した。

「冗談は、よして。上質の白砂糖は職人のためのものじゃない、お客様のためよ。それを、よりによって『伊勢屋』さんで何を話すって。せっかく『伊勢屋』さんの三盆白を仕入れられるようになったのに。また商いを断られたら、どうするの」

『伊勢屋』の奉公人は、目配り、客あしらい、立ち居振る舞い、算術、どれをとってもしっかりしている。

その奉公人達を束ねている総左衛門《そうざえもん》が、伴次の傍若無人《ぼうじゃくぶじん》でお門違いの申し出を、黙って聞いてくれるはずがない。

間違いなく、三盆白は再び使えなくなり、お糸は「奉公人ひとり御《ぎょ》せない、愚《おろ》かな名《みょう》代《だい》」と断じられるだろう。

白砂糖は、確かに高価だ。黒砂糖よりも随分値が張る。武家《ぶけ》の勝手方《かってがた》がつくる端午《たんご》の節《せっ》句《く》の柏餅《かしわもち》でも、白砂糖ではなく黒砂糖が使われていることが多い。

だが、『百瀬屋』も『藍千堂』も、菓子司《かしつかさ》だ。白砂糖は上菓子にはなくてはならない。

その質は、どの菓子司も念入りに吟味《ぎんみ》する。

白砂糖の質は四段に分けられ、上から三盆白、雪白《ゆきじろ》、上白、太白《たいはく》となる。

伴次の言う上白は、三盆白より二段も落ちる。

馬鹿じゃないの。

いささか乱暴に吐き捨て掛け、慌てて呑み込む。

代わりに、つい爪を噛んだ。

由兵衛が、慌ててお糸を宥《なだ》めた。

「伴次は、尋吉が止めてくれましたので、大事《おおごと》にはなりませんでした。言い合いでは敵わないと知って、無理矢理出かけようとした伴次の腕を、こう、きゅっと」

手を捻《ひね》り上げる動きを真似ながら告げた由兵衛の声が、微かに弾んでいる。

番頭としては、そこを楽しんではいけないのではないだろうか。

由兵衛が、清々しい笑みで続けた。

「お早の留守中、何かあった時のためにと、やり方を教わっていたそうでございますよ」

溜息を呑み込み、お糸は由兵衛に応じた。

「そう」

なんだか、今日の外回りよりも疲れた気がする。

気遣わしげに、由兵衛が申し出た。

「およねが夕飯の支度をしていますが、その前に落雁でもいかがですか」

正直、疲れた今の心と体に、甘いものは有難い。

そうね、と答えようとしたところで、庭に面した広縁を近づいて来る慌ただしい足音に、お糸は由兵衛と顔を見合わせた。

足音の主は、およねだ。

『失礼いたします』

障子の向こうから、聞こえたおよねの声は、慌てていた。

お糸がすぐに促す。

「お入り」

少し乱暴に障子が開き、お糸がどうしたと訊く前に、およねはまくし立てた。

「お嬢さん、番頭さん。急いで、急いで仕事場へお願いします。伴次さんが」

由兵衛が首を傾げた。

「伴次は、とうに帰ったんじゃなかったのかい」

「それが、こっそり戻ってきたみたいなんです。それで、後から帰ってきた駒助さん達と諍《いさか》いになって。伴次さんと、駒助さんを庇《かば》った東吉さんが、もみ合いに」

お糸は、立ち上がった。

「番頭さん。行きましょう」

仕事場では、とうに帰ったはずの伴次が不貞腐《ふてくさ》れた顔で、菓子をつくっていた。

仕事場の出入り口の脇で立っているのは、恐ろしい笑顔で腕組みをしているお早だ。

その視線は、ひたと伴次に当てられている。

お早の怒りの気配と、伴次が時折ちらちらとお早を窺《うかが》っている様子から察するに、またお早に容赦なく脅されたか、押さえ込まれたか、したのだろう。

三人の職人は、仕事場の隅で固まっている。

蹲《うずくま》って震えている駒助が大切そうに両手で抱えているのは、お糸が三人に預けた先代の「覚書」だ。駒助の髷《まげ》と襟元が、乱れている。

駒助の傍らに屈み、その背中を擦《さす》っているのは久蔵、東吉は二人を庇うように、背中で隠している。

職人達の傍らには尋吉の姿もあった。仄《ほの》かな笑みは、お早以上に冷たい。

仕事場に立ち込める、甘い匂い。

伴次の側の鍋には、出来上がった白餡と小豆の潰《つぶ》し餡。そして、その傍らに、荒く砕いた栗を砂糖で煮詰め、梔子《くちなし》で鮮やかな山吹色に染めたもの。

お糸は、お早を見た。

なぜ、伴次を止めないのか。

お糸の問いを察したお早が、軽く肩を竦《すく》めて答えた。

「尋吉が、やらせておけっていうもので」

尋吉に目をやると、整った笑みで応じた。

「お嬢様と番頭さんに、この惨状を見て頂いた方が、話が早いと思いまして」

確かに、惨状だわ。

お糸は、他人事《ひとごと》のように考えた。

視線で伴次のつくっている菓子を指し、訊く。

「それは、何」

刺々《とげとげ》しい声で、伴次が言い返した。

「何って、見りゃあ分かるでしょう」

機嫌のいい声で、お早に「伴次さん」と名を呼ばれ、伴次がびくりと手を止める。

少し声音を取り繕い、「金鍔です」と言い直した。

「そんなのは、分かってるわ」

一目見れば、明らかだ。ただ、皮の種で餡を包む手つきは、晴太郎や茂市に比べ、随分と粗くぎこちない。

ただ、見過ごせないのは、そこではない。

「なぜ、勝手にそんなものをつくってるのだと、訊いているのよ」

「勝手も何も、仕事場はあっしに任せて頂いた筈じゃあ――」

「答えなさい、伴次」

不遜な物言いを遮って、お糸はぴしりと命じた。

初めて呼び捨てで呼ばれて驚いたのか、伴次がお糸を見た。

「金鍔は駄目。伝えておいたはずよね」

『百瀬屋』では今、金鍔をつくっていない。

金鍔と言えば、『藍千堂』だ。

柔らかめに仕上げた小豆の潰し餡を、餡の細かな色合いまで透けて見えるほど薄く伸ばした上新粉《じょうしんこ》の皮で包み、型を使って浅い筒の形に整え、銅板ですべての面をこんがりと焼く。

晴太郎と茂市がつくる金鍔は、江戸一と言っていい。

今の『百瀬屋』が張り合うこと自体馬鹿馬鹿しいのだが、それにしても違いすぎる。

せめて、同じ「金鍔」として、まともに比べられるものがつくれるようになるまでは
と、金鍔を止《や》めているのだ。

だから、お糸は「栗餡の金鍔」を『百瀬屋』の職人に任せることを躊躇《ためら》った。

三人は頑張っているけれど、まだ早い、と。

お糸の言葉に、伴次が苛立ちを覗《のぞ》かせた。

伴次の手が、お糸に逆らうように、再び動き出す。

「手を止めなさい」

お糸の叱責に、伴次はしぶしぶ、と言った体《てい》で、つくりかけの金鍔を置いた。餡を皮で包む途中だったようだ。餡からは、「覚書」にあった通りの大きさ、色合いの栗の砂糖煮が顔を覗かせている。

ただ、その餡が違った。白餡ではなく、潰し餡だ。

伴次が、薄笑いで応えた。

「分かっておりやすよ。だからお嬢さんのおっしゃる通りに、金鍔はつくらずにいたんじゃあ、ありやせんか。それを、なんです。あっしに隠れて、下手くその能無し達に、御先代の菓子帳渡して、こっそりつくらせるなんざ。お嬢さんが悪いんじゃあ、ありやせんか」

ずい、と一歩進んだお早を、お糸は目で止めた。

黙っているお糸に気が大きくなったか、調子に乗った伴次が、続ける。

「ここ幾日か、どうもそいつらの様子が、妙だと思ったんですよ。だから、一旦帰った振りで、そいつらが出てくるのを待って仕事場を確かめたら、これだ」

辛抱ならない、という勢いで、久蔵が叫んだ。

「あっし達が夕飯に出ている隙に、忍び込んだんですっ。戻ってきたら、伴次さんがお預かりした菓子帳を勝手に見て、『栗餡の金鍔』をつくってた。駒《こま》が、その菓子帳は、大事な借り物だから返してくれって頼んだって、聞きゃあしねぇ。それで、諍いになって。駒が菓子帳を取り返したら、こいつ、駒を蹴ろうとしたっ」

一気にまくし立て、息を荒くしている久蔵に代わって、東吉が続けた。

「そこへ、お早さんが駆けつけて、駒の奴を助けてくれたんでさ」

なるほど、何が起きたか、大体のことは分かった。

お糸が菓子帳を預けてから、東吉達は店を閉めた後、毎晩遅くまで「栗餡の金鍔」をつくっていた。

伴次が帰るのを待って仕事場の支度をし、一度外へ出て夕飯を摂ってから、金鍔の作業に取り掛かる。

金鍔を包むこつが掴めず、手を馴らすために、潰し餡でもつくってみることになった。大きめの栗が包む時に邪魔をするのと、皮の種と似た色あいの白餡では、どこまで皮を薄くできているか、穴や斑《むら》はないか、分かり難《にく》かったためだ。

金鍔に使う白餡と潰し餡、栗の砂糖煮は、昼間、奥向きの勝手に、三人が代わる代わるやってきて炊いていた。

話を聞いたお糸は、それなら夕飯はうちで支度をするからと申し出たが、三人に笑顔で断られた。

飯が三人分増えたら、およねが大変だろう。さっと蕎麦でも手繰って済ませれば、それだけ早く金鍔に取り掛かれるから、と。

お糸――というよりはお早の戻りが遅く、東吉達が夕飯に出た隙を、伴次に突かれた、ということだ。

ふん、と伴次が鼻を鳴らした。

「こいつらがまともにつくれるようになるのを待ってたら、栗の季節を幾度無駄にしたか知れねぇ。最初《はな》からあっしに言ってくれりゃあ、話は早かったんですよ」

伴次は見せびらかすように、広げた掌で、自分の前に並んだ、金鍔を指し示した。

お糸がどうしてもつくりたかった金鍔とはまるで別物の、濃い小豆色と山吹色の差が大きな金鍔だ。

「どうです。こっちの方が、見栄えがいいでしょう。うすぼんやりした白餡なんぞより――」

「今すぐ、前掛けを外して」

お糸は、伴次の得意げな口上に被せるように、言い放った。

口を半開きにした、間抜けな顔付きで、お糸を見、自分がしている前掛けに視線を落とした。

生成りの地に藍で『百瀬屋』の紋を小さく裾の端に入れた、職人お仕着せの前掛けだ。

お糸は、畳みかけた。

「言葉の意味が分からないかしら。性根が悪いとは思っていたけれど、性根に加えて頭も悪いのね。今すぐ『百瀬屋』を出ていけと、言ってるのよ」

腹が立った。

ここまで腹を立てたのは、生まれて初めてではないだろうか。

腹が立ちすぎて、目の奥にちかちかと、光が舞っている。

彦三郎さんが遺してくれた、大事な金鍔。

彦三郎さんとの縁《えにし》を再び繋いでくれた、伯父さんの大事な金鍔。

晴太郎従兄《にい》さんが譲ってくれた、大事な金鍔。

白く、可愛い金鍔。

この男は、それを踏みにじった。

うちの大事な職人を足蹴にしようとした。

動かない伴次から、お糸はお早へ視線を移した。

「お早」

名を呼ぶと、嬉しそうに指を鳴らしながら、お早が伴次に近づく。

「剝《む》いちゃって、構いませんか。お嬢様」

「前掛けは、丁寧に扱ってね」

伴次が、弾かれたようにお早から離れ、喚《わめ》いた。

「い、いいんですかい。あっしがいなきゃあ、誂え菓子だって扱えねぇ。指図がねぇと動けねぇ、能無しの下手くそ職人だけじゃあ、あっという間に立ち行かなくなりますぜ」

「馬鹿じゃないの」

先刻、由兵衛とのやり取りで呑み込んだ言葉を、お糸は冷ややかに伴次へぶつけた。

「東吉も、久蔵も、駒助も、長年『百瀬屋』の味を守ってくれた、大事な職人なの。お前がさっき『うすぼんやり』と貶《けな》した菓子帳の金鍔は、先代が考えた金鍔。どちらも、『百瀬屋』の看板です。看板に傷をつけようとする職人は、うちには要らない。第一、『百瀬屋』の味も、先代が考えた菓子の肝《きも》も分からない職人がつくった菓子なんて、誂え菓子だろうが金鍔だろうが、恥ずかしくて外には出せないわ」

さあ、早く出ていけ。

お糸は、ゆっくりと、仕事場から庭へ続く出入口を指さした。

伴次の顔が、赤く染まった。

頬と口許が、悔し気に歪む。

手荒に前掛けを外すと、仕事場の床に叩きつけ、出入口へ向かった。

その背中に、尋吉が声を掛けた。

「ああ、今日までの給金をお払いします、と言いたいところですが、今日お前さんが無駄にした餡やら何やらと、お店を無駄に引っかき回した迷惑賃で差し引きとんとん、ということになりますので、ご承知おきを」

伴次が、束の間足を止めたが、派手な舌打ちをひとつ、荒れた足取りで出て行った。

仕事場は、しんと、静まり返った。

尋吉とお早はいい笑顔で、番頭と三人の職人は、驚き顔でお糸を見つめている。

お糸は、軽く肩を竦めて、明るく言った。

「ああ、すっきりした」

*

八つ刻。区切りのいいところでひと休みをしようかと、晴太郎が茂市に声を掛けた時、お糸が父の「覚書」を返しに来た。預けてあった「栗餡の金鍔」が載っている菓子帳だ。

「もう、いいのかい」

訊ねた晴太郎に、お糸はさっぱりとした笑みで答えた。

「ええ。東吉達が、もうすっかり覚えたからって。いつまでも手元にあると、大切な借り物を汚しちゃいけないと、気が気じゃないんですって」

「楽しそうだね」

晴太郎に答えたのは、お早だ。

「そうなんです。とっても楽しかったんですよ」

切り出したお早は、一昨日《おととい》伴次という職人が起こした騒動の顚末を、言葉の通り、それは楽し気に語った。

お糸が「菓子帳」を携えて訪ねてきた日、幸次郎から伴次のことは聞かされていたので、心配していたのだ。

「妙な職人に懐かれそうになった」と、幸次郎がぼやくほど厄介な奉公人を相手に、お糸は一歩も引かなかったのだという。

大層、頼もしくなったな。

笑った晴太郎に対して、お糸が口を尖らせ、不平を零した。

「笑いごとじゃないわ、晴太郎従兄さん」

「ごめん、ごめん。騒動を笑った訳じゃないよ。お糸の勇ましい啖呵《たんか》、直《じか》に聞きたかったな、と思って」

茂市が労わるように、言った。

「お糸お嬢さんにも、職人さんにも、怪我がなくてよろしゅうございやした」

幸次郎が、続く。

「よく、あれを追い出したな。しっかり主を務めてるじゃないか」

お糸が、まじまじと幸次郎を見つめてから、ふい、と目を逸らした。

「幸次郎従兄さんが褒めてくれるとは、思わなかった」

「どうして」と、幸次郎は訊いた。

「あんな奉公人を許してるなんて、情けないって思ったでしょう」

「お糸なりに、考えがあってのことだったろう」

「ええと、その、ええ。ありがとう」

なんだか、甘ったるいなあ。

緩みそうな口許を、晴太郎が引き締めていると、店先から声がした。男だ。

『ごめんくださいやし』

幸次郎とお糸が、厳しい顔になって互いを見た。

客に応じようと、立ち上がりかけた茂市を、幸次郎が身振りで止めた。

お糸が、低く小さく、呟く。

「この声、伴次よ」

幸次郎も、「ああ」と頷《うなず》いた。

何をしに来たんだろう。

晴太郎と茂市は、揃って首を傾げた。

幸次郎が、さっと立ち上がる。

「私が行きましょう」

「待って、幸次郎従兄さん。何の用か、私が訊いてくる」

お糸と幸次郎の言い合いに、お早も加わった。

「お嬢様、それなら私が」

「お早、そこで肩を回さなくてもいいでしょ」

「でもぉ、腕を使うんなら、前もってほぐしておかないと」

晴太郎は、慌てて声を上げた。

「三人とも、笑顔も言っていることも、相当物騒だよ」

不服げな三対の目が、一斉に晴太郎を見た。

どうやら、ここは自分が差配しないと決まらなそうだ。

再び、店先からは、伴次の訪いを告げる声が掛かった。

苦い溜息をひとつ、晴太郎は告げた。

「最初《はな》からこちらが喧嘩腰で出て、暴れられても困る。まずはあちらの出方を見よう。お糸、お前は二階《うえ》へ行っていておくれ。お早は勝手《ここ》で待って。伴次さんが暴れそうなら手助けを頼む。幸次郎、相手を頼めるかい。菓子を買いに来たのかもしれない。だったらうちのお客さんだ、失礼のないように。違う用でも、取り敢えずは穏やかにね。いつもの客あしらいだと思えば、お前なら朝飯前だろう」

相変わらず、不服げではあるが、三人は小さく頷いてくれた。

幸次郎が、店先へ向かう。

晴太郎は、茂市をそっと促した。

「俺達は、仕事場にいようか」

「へぇ」

応じた茂市と、そっと仕事場へ向かう途中、伴次の弾んだ声が聞こえた。

『あっしを、こちらさんで雇っちゃあ、貰えやせんでしょうか』


幸次郎の辛抱が利かなくなる前に、晴太郎は店先へ顔を出した。

『百瀬屋』をかき回してきた褒美に雇えとか、うちの職人――茂市のことだ――よりも自分は腕がいいのだとか、妙なことを言い出したからだ。

晴太郎を認めた伴次が、さっと顔を輝かせる。

「旦那が、晴太郎さんでござぇやすか」

やけに嬉しそうな勢いに腰が引けそうになるのを、そっと堪える。

そういえば、幸次郎が「懐かれそうになった」と、言っていたっけ。

小さく笑うことだけで応じると、晴太郎は幸次郎を促した。

「店先《ここ》でする話でもなさそうだから、仕事場へ回ってもらおうか」

幸次郎は、異を唱えかけたが、諦めたように小さく息を吐き、「分かりました」と言った。

案内されながら、伴次は辺りをきょろきょろと見回していたが、勝手の階段側《そば》で気配を消しているお早には、気づかなかったようだ。

仕事場に入ると、伴次はほんの短い間、羊羹船《ようかんぶね》の手入れをしている茂市に視線をやり、薄く笑った。

嫌な笑みだ。

それからは、敢えてそうしているのか、茂市へ目を向ける様子がない。

忙しなくあちこちを眺めながら、伴次は言った。

「さすが『藍千堂』さんだ。綺麗にお使いになっている」

当たり前のことを、大袈裟に褒められてもなあ。

晴太郎の傍らで、幸次郎が盛大に顔を顰《しか》めている。

薄気味悪い、とでも思っていそうだ。

作り笑いを顔に貼り付け、晴太郎はやんわりと言い返した。

「そうですか。『百瀬屋』さんも、仕事場はしっかり整えておいででしょう」

「とんでもない。だだっ広いとこに、使えない職人が三人しかいやせんからね。掃除なんざ、行き届いてやしやせん」

零れそうになった溜息を、すんでで呑み込む。

晴太郎は、清右衛門叔父が倒れてすぐ、お糸に頼まれ、『百瀬屋』の仕事場で茶席の誂え菓子をつくった。

あの騒ぎの中でさえ、仕事場は整然としていて、掃除も道具の手入れも行き届いていた。自ら考えて菓子をつくる才覚はなくても、身に付いた日々の仕事の手は、決して抜かない。『百瀬屋』にいるのは、そういう職人だ。

どうしようもない嘘を、なぜ吐くのかな。

晴太郎の心の呟きを、幸次郎が代わって口にした。

「くだらない偽りは、すぐに綻ぶものですよ。先ほどの言い振りからして、私達が『百瀬屋』の縁者であることは知っているのでしょう。互いに行き来があるとは考えないんですか」

その後に、愚かな、と続きそうだ。

だが伴次は、幸次郎の言葉を笑い飛ばした。

「またまた、御冗談を。こちらさんが『百瀬屋』を恨んでいることは、百も承知でさ。あれだけ酷い目に遭わされたんだ。無理もねぇ話でごぜぇやす」

幸次郎の声音に物騒なものが混じる。

「だから、『百瀬屋』に要らぬ騒動を巻き起こした、と。『藍千堂』に恩を売る為に」

伴次が、得たりと笑った。褒美を貰えると、信じて疑っていないようだ。

「恩を売るなんざ、とんでもねぇ。ただ、あっしを雇って頂きてぇだけでさ」

晴太郎は首を傾げ、訊いた。

「何故です」

「何故、ってぇと」

「それほど、自分の腕が自慢なら、どこの菓子司でも引っ張りだこでしょう。こんな小さな菓子司でなく、大店《おおだな》で腕を振るうことだってできるはずだ。なんなら、自分で店を持ってもいい。何故、『藍千堂』なんです」

伴次は、あっさりと答えた。

「そりゃあ、江戸で名高《なだけ》ぇのは、こちらさんですから。後ろ盾も大したお顔触れだ。『藍千堂』さんの職人となりゃあ、どこでだって自慢になりやす」

なるほど。目当ては「後ろ盾」と「自慢」って訳だ。

幸次郎が、ちらりと晴太郎を見た。

そんなに、苛立ちが表に出てたかな。でも、心配いらないよ。このお人はちっとも気づいてないから。

幸次郎ににっこりと笑むことで、そう伝える。

「伴次さん、『藍千堂《うちどう》』の菓子を召し上がったことは」

晴太郎の問いに、「そりゃあ、もう」と応じた伴次の目は、泳いでいた。

いけすかないが、分かり易い男だ。

晴太郎は、ひとつ頷き、告げた。

「そこまで『藍千堂』を買ってくれるのは嬉しいけれど、ご覧の通り、小さな店でね。職人は私ともうひとり、茂市で事足りてるんです。申し訳ないけれど、他を当たって下さい」

伴次が、ようやく茂市を見た。

薄笑いで切り出す。

「じゃあ、こうしやせんか。あっしとそこの爺さん、どっちの腕が勝《まさ》ってるのか、勝負させてくだせぇ。あっしが勝《か》ったら、爺さんを追い出して、あっしを雇って頂きやす」

言い返したいことがあまりにも多くて、かえって晴太郎は、言葉に詰まった。

静かに、茂市が口を開いた。

「あっしは、かまいやせんよ、晴坊ちゃま」

晴太郎も幸次郎も、驚いて長年一緒にいる実直な職人を見遣った。

茂市は、菓子の腕で他の職人と争うことが、嫌いだ。

菓子に限らず、ちゃんとした職人の、ちゃんとつくったものを比べて、勝った負けたと勝手に決めることに、我慢がならない。菓子屋や料理屋を取り上げて、「大関」「関脇」と格付けする「見立て番付」も、嫌っている。

一昨年の正月、法要の引き菓子の羊羹を、晴太郎と茂市、どちらが引き受けるかで腕比べを申し出て、晴太郎は茂市に叱られた。

普段、晴太郎の言うことなら、どんな無茶でも笑って付き合ってくれる茂市が、びしゃりと断ってきた。あの時は、注文客とその息子が抱える蟠《わだかま》りを、なんとか消したい、その切っ掛けに「羊羹比べ」がなれば、と願う晴太郎の気持ちを酌んで、茂市が折れてくれたけれど。

その茂市が、伴次と腕比べをすると、言っている。

「いいのかい、茂市《もい》っつあん」

「へえ」と笑った茂市が、目で伝えてきた。

早いとこ、かたをつけちまいやしょう、と。

伴次が、一早く声を上げた。

「決まりだ」

それは、お前さんが決めることじゃあ、ないだろうに。

先ほど言い返したかったことのひとつを、晴太郎は心中で呟いた。

腕試しの菓子は、伴次の申し出で、『藍千堂』の金鍔となった。

一からつくっている暇はないので、餡と皮の種は、店のものを使う。皮の種を丸めるところから始め、伸ばした皮で餡を包み、形を整え、仕上げの焼きまで。十の金鍔を一気につくり、出来栄えを競うことになった。

『藍千堂』の金鍔は、他の菓子屋とは、少し異なっている。

江戸では、金鍔の金色を出すために、皮を小麦粉でつくるところが多いが、『藍千堂』は京から伝わった通り、米粉を使う。その皮も他より薄くするし、餡も柔らかめだ。

茂市は、つくり慣れている自分に分があるから、白餡を種にした細工物でも構わないと言ったが、伴次が『藍千堂』の金鍔でいいと、引かなかった。

腕比べは金鍔の一度きり。他の菓子でやり直しはなしだと、幸次郎が抜かりなく念を押していた。

肩に力が入っている伴次に比べ、茂市は普段通りだ。

「じゃあ、始めようか」

晴太郎の声と共に、二人が皮の種へ手を伸ばした。

茂市の艶やかで柔らかな手がつまみ取った種は、伴次よりも随分と少ない。

伴次が初めて、驚いた顔で茂市を見た。

茂市は、隣に伴次がいることを忘れているようだ。

米粉の種で、きっちり同じ大きさの小さな玉を十、つくり上げると、ひとつを手に取って、軽く潰し、その上に軽く丸めた潰し餡を乗せる。

乗せた餡を箆で押しながら、椀の形をつくった左の掌の中、小気味いい調子でくるくると回す。

見る間に、皮が薄く伸びていき、皮が餡を包みながら、まん丸い形に整えられていく。

餡の上に集まった皮の端を纏めて閉じれば、薄い皮から綺麗に餡の小豆色が透けた、「金鍔の元」の出来上がりだ。

「改めて見ると、見事なもんだな」

晴太郎が呟くと、幸次郎が呆れた声で言い返した。

「茂市っつあんに負けない手際で、毎日つくっている人が、今更何を言うんですか」

「うん、そうなんだけど。改めてじっくり見ると、茂市っつあんは、すごい職人なんだなあって思ってね」

「私は、茂市っつあんと兄さんを見ながら、いつだって思ってます」

「大威張りで褒められると、照れるよ、幸次郎」

「菓子ではないことも、大威張りで褒めさせて貰いたいですね」

藪を突いて蛇、だ。

伴次が、丸い餡玉をようやくひとつつくる間に、茂市は十すべてを、型を使って縁《ふち》の鮮やかに立った筒形に、整え終わっていた。

伴次が、慌てている。

茂市と同じ手順を踏んでいる辺り、「覚書」にあった金鍔のつくり方は、しっかり伴次の頭に入っているようだ。

お糸が「腕は確かだ」と評した通りで、茂市と並ぶと随分見劣りはするものの、「覚書」を読んだだけで、一応金鍔の形に出来るのは、大したものだと思う。

『藍千堂』の金鍔の皮の包み方は、とても難しいのだ。

父がなぜ、「栗餡の金鍔」を「覚書」に綴《つづ》ったのかは、分からない。

元々、父の菓子帳の書き方には斑があったが、「栗餡の金鍔」は、取り分け丁寧に、詳しく書かれていた。贔屓客向けの菓子帳か、職人の為の菓子帳にあってもおかしくないくらい、仕上がった菓子でもある。

元になる「潰し餡の金鍔」のつくり方から、栗を入れた白餡でつくる時の違い、気を付けなければいけないこつまで、誰かに教えるように、詳しく、易しい言葉で。

まるで、自分がいなくなった後、『百瀬屋』に入る駆け出し職人のために、金鍔のつくり方を遺しておいたかのようだ。

それならそれで、はっきり分かるように「きんつはのよう」――金鍔のつくり方として書いておいてくれればよかったのに、と思わないでもない。

けれど、敢えて「覚書」に紛れさせたのは、訳があったのだろう。

ちょっとした悪戯かもしれない。あるいは、読みづらい「覚書」にも目を通す程、菓子づくりに夢中な職人に、伝えたかったのだろうか。

菓子づくりに厳しく向き合う一方で、心から楽しんでいた父なら、どちらもありそうだ。

それを見つけたのが、彦三郎を喪《うしな》って、ひとりきりで『百瀬屋』を背負ったお糸だったのは、彦三郎が導いたのか、父がお糸を呼んだのか。

「ここまでに、しますか」

そっと幸次郎に訊かれ、物想いから引き戻された。首を横へ振って、答える。

「いや。仕舞いまでやらせよう」

晴太郎は、伴次自身に食べ比べをさせるつもりでいた。

兄の目論見を察した幸次郎が、息だけで笑った。

「手厳しいですね」

「当たり前だ。『藍千堂』の大事な職人を、『爺さん』なんて呼んだんだから」

伴次が「金鍔の元」を十、つくり終えるまで待って、二人一緒に、焼きの仕上げに掛かった。

焼き立ての金鍔ならではの温かさ、皮の香ばしさ、軽い歯ざわりを確かめるには、同じ間合いで焼き上げなければ意味がない。

まあ、食べるまでもなさそうだけれどね。

目の前に並べられた金鍔を眺め、晴太郎はこっそり呟いた。

伴次が、悔し気に唇を噛んでいる。

菓子職人でなくても、見た目の差は明らかだ。

濃い艶を放つ小豆の餡に、上等な絹の薄物を着せたような茂市の金鍔と、辛うじて中の餡が小豆だと分かる程皮が分厚く、厚みに斑があるせいで、ところどころ裂けそうになっている伴次の金鍔。

晴太郎に食べてみろと促され、伴次は顔色を悪くした。

「私も弟も、茂市の身内のようなものですからね。身贔屓《みびいき》が過ぎると言われても、困ります。自分でどちらが勝《まさ》っているか、決めて下さい」

重ねて促すと、伴次は、まず自分の金鍔へ手を伸ばした。

一口、口に入れ、伴次が少し安心したように、身体の力を抜いた。目に不遜な光が戻る。

なんだ。案外いけるじゃねぇか。

そんな呟きが、聞こえて来そうな顔つきである。

当たり前だ、と晴太郎は思った。

分厚い皮はもそもそするだろうが、餡は『藍千堂』の餡だ。当たり前に旨い。

見た目の違いを忘れたのか、伴次は無造作に茂市の金鍔を手に取った。

だが、その威勢も、一口食べた途端に消え去った。

出来上がった金鍔を見比べた時よりも、更に顔色が悪くなる。

『藍千堂』の金鍔は、餡を楽しむための菓子だ。もそもそと口の中に残る皮が目立っては、元も子もない。

餡を邪魔せずに、餡だけを食べるのではない「金鍔」の味わいが要る。

出来るだけ薄く、でも金鍔になくてはならない皮。

その塩梅《あんばい》こそが、『藍千堂』の金鍔の肝だ。

伴次は、残った金鍔に視線を落としたまま、動かない。

ひょっとしたら、「白餡の細工物で、もう一度」と言い出すかと、身構えていたが、ここまであからさまに差が出てしまえば、「もう一勝負」は赤恥を晒すことでしかないと、分かっているようだ。

菓子職人の端くれとしての気概は、残っていたらしい。

引導《いんどう》を渡すべく、晴太郎は訊ねた。

「勝負は、つきましたか」

伴次の呻《うめ》きが、答えた。

「どうして、とは」

幸次郎が訊いた。訊く、というよりも追い詰めている風に聞こえる。

「『百瀬屋』の出店だったここを、お二人が取り上げたってぇことは、大ぇした腕じゃあねぇんだとばかり――」

また、この期に及んで、呆れたことを言い出したな。

弟の怒りの気配に、伴次が身を竦めた。

何か言おうとした弟を、晴太郎は視線で止めた。

取り成すためではない。

茂市の足下にも及ばなかったことに、気落ちしているらしいが、ここで手を緩めてなぞ、やらない。

ぞんざいな物言いに変えて、切り出す。

「お前さんが、『栗餡の金鍔』を、わざわざ小豆の潰し餡でつくった理由《わけ》が、分かったよ」

え、と伴次が顔を上げた。

隣で、幸次郎が微かに笑った気配がした。

妙だと思ったのだ。晴太郎と幸次郎に阿《おもね》り『藍千堂』の職人に収まろうとしていたのに、父の菓子を蔑《ないがし》ろにして勝手につくりかえ、貶すなんて。

確か、うすぼんやり、だったか。

くすりと笑んで、晴太郎は続けた。

「綺麗に透けたものを、つくれなかったんだろう。あの『栗餡の金鍔』は、小豆の潰し餡の金鍔より、もっと透け方に気をつけなきゃならない。餡は皮と同じような色だし、皮越しに、白餡の穏やかな白と栗の山吹色、色合いの対比を見せるんだからね。俺や茂市っつあんでも、気の張る仕事になる。なのに、お前さんはその見極めが出来なかった。茂市っつあんに喧嘩を売ったみたいに、造作もない菓子だと侮った。けれど、ちっとも巧くいかない。今、お前さんがつくった厚ぼったい皮からは、栗や皮の色がぼんやり浮かぶくらいじゃなかったのかな。自分の腕のなさを隠すために、白餡を、栗や皮と色の差が分かり易い小豆の餡に替え、本当ならもち上げなきゃいけない、先代清右衛門の菓子を貶した。違うかい」

なるほど、と幸次郎が晴太郎の言葉を引き取った。

「奪った菓子帳が、先代清右衛門のものだと知り、東吉さん達に代わって、自分がつくろうと考えた訳ですか。上手くつくってお糸に見せつけ、更に風上に立とうとしたか。それとも『金鍔』を見事につくれるのならと、お糸に『藍千堂』へ口を利いてもらおうと考えたのでしょうか。なのに、まるで巧く出来ない。出かけたお糸は、いつ戻って来るか分からない。餡を替えたのは、それまでに仕上げるための苦肉の策だった、と。辛うじて仕上げたものこそ『うすぼんやり』だったとは、なかなか笑える冗談ですね」

俺こそ、「なるほど」だ。

伴次が無茶をして、「栗餡の金鍔」の横取りを目論んだのは、そういう裏があったのか。

怒った幸次郎の舌鋒《ぜっぽう》は、更に冴え渡る。

「お前さんのような、自分の腕前も見極められないのに、妙に自信たっぷりなお人を、偶《たま》に見かけます。まあ、そうしていれば生きるのも楽なのでしょうから、当人が幸せなら好きに振舞えばいい。ただ、その靄《もや》のような自信を元に何か企てるのなら、せめてもう少し、頭を使いましょうか。ええと、うちの茂市を何と言ったんだったか。ああ、そうだ。『百瀬屋』の出店だったここを、私達兄弟が取り上げた。だから大した腕ではないと思った、でしたか」

幸次郎の整った笑みに、晴太郎の背筋を冷たいものが走る。

妙だな。俺も、腹を立てていたはずなのに。

自分が叱られている時より、恐ろしい。

晴太郎は、こっそり心中で呟いた。

幸次郎が続けた。

「年中扱う菓子のうち、金鍔と並ぶ人気の煉羊羹に、茂市の名がつけられているのは、何故なのか。ほんの少し考えれば、分かるでしょう」

伴次が、今気づいた、という顔をした。

きっと、「自分は茂市よりも腕がいい」と信じ切っていたから、深く考えていなかったんだろうなあ。

そうやって、どんなことも「自分は優れている」で過ごしてきたのなら、誰かに諭されても聞く耳を持たなかったろうし。そうなると、周りからそっぽを向かれる。親類縁者や隣近所、知り合いも「こいつには、関わらないようにしよう」となる。

友達だって仕事場だって、失《な》くすだろう。

ひょっとして、なかなか職人が見つからない『百瀬屋』に雇われたのは、『藍千堂』への足掛かり、というだけでなく、本当に働き先が見つからずに困っていたのかもしれない。

伴次のことが、少しだけ気の毒になってきた晴太郎である。

茂市と父の菓子帳を貶《おとし》めたことを、許す気にはならないが。

一方で、幸次郎の怒りは収まらない。

「薄気味《うすきみ》悪い阿りで、私と兄が靡《なび》くと思われたのも、軽く見られているようで気分が悪い。お糸が可愛がっている猫《くろ》の方が、まだ気概がありますよ。こんな職人をうちの仕事場に入れるなんて、それこそ、またまた、御冗談を、です」

猫より気概が劣ると言われ、先刻の自分の言葉を引き合いに皮肉を言われ、伴次が顔色を変えた。

目に、昏《くら》い憤りが過る。

幸次郎が、畳みかけた。

「腕を磨いて出直してこい、なぞと甘いことは言いません。二度と『藍千堂』には近づかないように」

憎々し気な視線が、幸次郎に、茂市に、そして晴太郎へと、向けられる。

幸次郎が、手振りで勝手口の方へ促した。

「お客さんや、通りがかったお人に当たられたら、うちの評判に関わります。勝手口からお帰りを」

ち、と舌打ちをして、伴次が勝手口へ向かった。

ちらりとこちらを向いて、呟く。

――このままじゃ、済まさねぇ。

声は届かなかったが、伴次の唇が、確かにそう動いたのを、晴太郎は見た。

足どりも荒く出ていった背中を見送りながら、幸次郎が冷ややかに言った。

「あの男、勝手の土間に置いてあったうちの下駄を、履いて行ってしまいました」

晴太郎は、ぼんやりと笑った。

「うん、まあ、俺も気づいたけど。幸次郎が勝手口から出ていけと言ったんだから、仕方ないかな」

伴次との腕比べでは落ち着き払っていた茂市が、おろおろと訊いてくる。

「坊ちゃま方、ちっとばっかし、言い過ぎたんじゃあごぜぇやせんか」

晴太郎と幸次郎は、揃って首を傾げ、

「そうかな」

「そうですか」

と呟いた。

晴太郎が続ける。

「うちの茂市っつあんを、馬鹿にしたんだ。幸次郎はともかく、俺はむしろ言い足りないくらいだと思うけど」

「あっしは、何言われたって、いいんですよ。それより、店や坊ちゃま方、ああ、それに御内儀《ないぎ》さんやおさち嬢ちゃまに、仕返しでもされたら――」

ああ、と晴太郎は頷いた。

「このままじゃ、済まさねぇ。そう言われちゃったしね」

幸次郎が、晴太郎を見た。

「おや、兄さんも、あれの口の動きに気づきましたか」

「分かり易かっただろう」

「坊ちゃま――」

茂市が、今にも泣きそうだ。

幸次郎が、茂市の肩に手を置いて宥める。

「心配いりません。あれは、店や私達ならともかく、義姉《ねえ》さんとおさちに気が回る程、目端は利かないでしょう」

晴太郎も、幸次郎と同じ考えだ。張り合って追い出すつもりだった茂市のことでさえ、碌《ろく》に調べていなかったのだ。晴太郎の身内のことは勿論、住まいも知らないだろう。

お早にびくついていたし、小心者でもある。

「このままじゃ、済まさねぇ」と言っても、せいぜいが良くない噂を流されるか、脅しの文を送りつけて来るか、捻ったところだと、留守の隙に呪《のろ》いの札でも店先に貼られるか。

いずれにしても大それた真似は、できないだろう。

そんなことを考えていると、階段を下りてくる足音が聞こえた。お糸だ。

仕事場へ飛び込んでくるや、幸次郎と晴太郎に向かって訊いた。後を追ってきたお早が、仕方ない、という顔で肩を竦めている。

「ねぇ、従兄さん達、伴次に、ちょっと言い過ぎたのじゃないかしら。何か仕返しでもされたら大変」

幸次郎が、苦笑いでお糸へ言った。

「お前もか、お糸」

「え、何」

幸次郎が、根負けしたように肩を落とす。

「分かった。店も西の家の周りも、気を付ける。伊勢屋さんと岡《おか》の旦那の耳に入れておくから、心配ない」

総左衛門は、界隈《かいわい》の顔役《かおやく》だ。

『伊勢屋』や『藍千堂』の周りをうろつく者に、目を光らせてくれるだろう。

岡の旦那――岡丈五郎《じょうごろう》は、南町奉行所の定廻《じょうまわり》同心だ。あちらこちらにいい顔をして、調子よく振舞っている風に見えるが、それはあちらこちらに気配りをしていることの証でもある。

とりわけ、お糸と『藍千堂』を気に掛けてくれているから、折に触れ、見回ってくれる筈だ。定廻同心と、手下の姿があるだけで、良からぬ目論見は随分と抑えられるだろう。

ようやく、茂市とお糸が、ほっとした様子で肩の力を抜いた。

晴太郎は、皆に声を掛けた。

「遅くなったけど、金鍔でひと休みしようか」

茂市が、さっと立って申し出た。

「すぐに、つくって来やす」

「俺も行くよ。ああ、さっきの腕試しで茂市っつあんがつくってくれたのが、残ってるよね。ちょっと温め直して食べようか」

「そりゃあ、ようごぜぇやすね。無駄にしちゃあ勿体ねぇ」

その先の職人二人の遣り取りを、いち早く察した幸次郎が、すかさず声を上げた。

「茂市っつあんの金鍔は大歓迎ですが、あれがつくった方は、勘弁してください。どうしてもと言うなら、あのもっさりした皮を外して頂けると」

大真面目な幸次郎に、皆が噴き出した。

伴次の金鍔は、お糸が「悪い手本」として『百瀬屋』へ持ち帰ることになった。

賑やかな八つ刻の休みは、楽しい。

店へやってくる客を気にしながらではあるが、晴太郎と幸次郎、茂市だけでは、どうしても餡の出来、菓子や商いの話に終始してしまう。

取り分け、お糸とお早の掛け合いは、絶妙な面白さがある。

今日は、伴次と、伴次が起こした騒動の話ばかりだが、お早がいるお蔭で、なんだか楽しい話をしているようだ。

腹を立て合い、あるいは宥め、お早の勇ましい話に皆で笑った後、小さな間が空いた。

お糸が、ぽつぽつと溜息交じりに呟いた。

「伴次は、最初《はな》から、『藍千堂』の職人に収まることが目当てだったのね。『藍千堂』は職人の手は足りている。『百瀬屋《うち》』は、必死で探している。だったらまず『百瀬屋』に入り込んで、騒動を手土産に、『藍千堂』へ自分を売り込もうとした」

ううん、と晴太郎は小さく唸った。

「それもあるけれど、もしかしたら、本当に職にあぶれて困っていたかもしれないよ」

お糸が、ふるふると首を横へ振った。

「そうだとしても、『藍千堂』の職人の座を狙っていたことに、違いはないでしょう。ごめんなさい。うちで手綱を取れていれば。せめて、伴次の企みに気づけていれば、従兄さん達を巻き込まずに済んだ。茂市っつあんにも、嫌な思いをさせたわね。堪忍してください」

晴太郎は、首を横へ振った。

「詫びなきゃいけないのは、俺の方だ。今度のことは、『藍千堂』の騒動に『百瀬屋』

が巻き込まれたって話じゃないか」

重くなりかけた話の向きを、お早が、さっと変えた。

「いやだあ、お糸お嬢様も、晴太郎の旦那様も。詫びなきゃいけないのは、へっぽこ菓子職人の癖に大威張り、乱暴者の癖に腕っぷしはか弱い女の私にも敵わない、取り柄《とえ》がひとつもない、伴次の奴ですよ」

仕上げ、とばかりに、うふ、と可愛らしく笑ったお早を見た茂市が、笑いを堪えるのに苦労をしている。

いや、お早は確かに可愛い。歳より若く見えるし、兄の尋吉とじゃれ合っている姿は、木の上で木の実を奪い合っている栗鼠《りす》のようだ。

お糸が、涼しい顔で呟いた。

「お早がか弱いなら、江戸はか弱い女子《おなご》ばかりになるわね」

「町が穏やかになって、いいじゃありませんか」

「お前が、それを言うの」

とうとう、晴太郎はお腹を抱えて笑う羽目になった。

笑い過ぎて、息が苦しい。

目尻に滲んだ涙を指で拭った時、はた、と晴太郎は思い出した。

お糸と共に来たお早が、『百瀬屋』で伴次が起こした「栗餡の金鍔」騒動の話を聞かせてくれた時。あの時もお早の話し振りが面白くて、晴太郎は散々笑った。

そのせいで聞き流してしまったけれど、お早は確かに、言っていたのだ。

「ねぇ、お糸」

晴太郎の呼びかけに、お糸が「なぁに、晴太郎従兄さん」と応じた。

「東吉さん、久蔵さん、駒助さん、三人の職人は、『手を馴らすために、小豆の潰し餡でも、金鍔をつくることにした』と、お糸に言ったんだよね」

「ええ」

お糸が、ちょんと、小首を傾げる。

晴太郎は、言葉を重ねた。

「小豆の潰し餡で金鍔をつくることを、三人は自分達で工夫し、自分達で決めた」

あ、とお糸が声を上げた。

お糸も気づいたようだ。驚きと嬉しさが入り混じる顔で、

「従兄さん、それ」

と呟く。

自分達で考え、自分達で工夫し、自分達で生み出すことが、『百瀬屋』の職人は苦手だ。

晴太郎が『百瀬屋』で誂え菓子の白羊羹をつくった時、どんな細かなことでも指図を待っている職人達に、戸惑った。

それが、自分達で金鍔づくりが上手くなる手立てを考え、やってみようと決めたのだ。ひとりではなく、三人で知恵を出し合ったから出来たことだろう。

お糸が辛抱強く見守ったことも、大きい筈だ。

伴次が『百瀬屋』を引っかき回したからこそ、三人が腹を据えた。怪我の功名だったかもしれない。

色々なことが、繰り返し三人の背中を押さなければ、まだ清右衛門叔父が縫い付けた場所に、立ち尽くしていただろう。

けれどそれでも、この一歩は、きっと大きい。

晴太郎は、訊いた。

「今度、『百瀬屋』の仕事場に邪魔をしてもいいかい。もしかしたら、新しい職人は要らないかもしれないよ」

お糸が、顔を輝かせた。

「勿論――。勿論、是非、お願いします」

十月の半ばを過ぎた頃、『百瀬屋』が「変わった金鍔を売り出した」と、評判になった。

白餡から大きめに砕いた、山吹色の栗が覗く、優し気な見た目の金鍔で、「『藍千堂』の金鍔に似ているような気がするけれど、食べるとなんだか違う。でもいける」と、噂だ。

その噂に、お糸は顔を顰めている。

茂市と伴次の腕比べの後、晴太郎は、お糸との約束通り、幾度か『百瀬屋』へ出向いて、金鍔づくりの手ほどきをした。

晴太郎が驚いたことに、『百瀬屋』の職人は、かなり金鍔のつくり方を摑んでいて、晴太郎が手ほどきをするたびに、めきめきと上達していった。

とはいえ、そう容易《たやす》く身につけられる技ではないことは確かで、金鍔を極めるまでになるには、まだまだ道は遠そうである。

お糸は、「栗餡の金鍔」を売りに出す区切りとして、いくつかの標《しるべ》を決めていた。

見た目は、白餡の白と栗の山吹色の差が、皮ごしにきちんと見て取れること。

皮の歯ざわりは、伴次がつくった金鍔よりも、ましであること。

味は、『藍千堂』に次いで、江戸で二番目であること。
お糸の決めた標に、職人三人は顔色を失くしていたが、
「『百瀬屋』先代の菓子帳と『藍千堂』さんの手ほどき、高い下駄《げた》を履かせて貰ってい
るのだから、それくらいには届いて貰わなきゃ。言っておくけれど、お前達なら出来る
と思って、決めた標なのよ」
とお糸に言われ、俄然やる気を出していた。
どうにか、見た目、皮の歯ざわり、味、全て標に届いたのが、十月半ばであった。
そして今、お糸と晴太郎は、『百瀬屋』の仕事場の隅で、忙しそうに立ち働く、東吉
達三人の職人を見ている。
三人が、他の菓子をつくりながら、無理なく捌《さば》けるだけの注文しかお糸が取らないの
で、手に入れるまで、幾日か待たなければいけないらしい。
それにしても、仲がいいなあ。
晴太郎は、わいわい賑やかな三人を、そっと眺めた。
東吉が迷えば、久蔵と駒助が寄ってきて、知恵を出し合う。
久蔵がしくじれば、東吉も駒助も、自分の仕事の手を止めて、久蔵を助ける。
駒助が、狼狽えたり落ち込んだりすると、すかさず東吉久蔵、二人掛かりで慰《なぐさ》め、励
まし、引き上げる。

三人それぞれの腕に、三人集まったことで出る力、全て合わせて、丁度三人前。

この三人は、それでいいのではないか。

お糸も得心したようで、新たな職人を探すのは止めたそうだ。

お糸が、ぼやいた。

「それにしても、『食べるとなんだか違う』ですって。少し残念さの滲む噂、どう捉えればいいのか、悩むところね」

晴太郎は、少し笑ってお糸に確かめた。

「面白い噂が広まって、注文がかなり入っているそうじゃないか」

「それは有難いんだけれど、諸手を挙げての褒め言葉ではないのが、ね。『いける』に喜んでいいのか、『なんだか違う』に、気を引き締めればいいのか」

「両方だな」

お糸は、小さな溜息を吐いて、「もっと、がんばらなきゃ」と呟いた。

そこへ、駒助が焼き立ての「栗餡の金鍔」を二つ、お糸と晴太郎に持って来た。

「お願いしやす」

出来を確かめてくれ、ということだ。

晴太郎は、他の店の金鍔と比べれば、売り物として充分だと前置きをした上で、伝えた。

まず、焼き過ぎだ。上の面は「優しい白」に仕上がっているが、型で立てた縁と横の面が、淡いきつね色に染まっている。

皮は斑なく丁寧に伸ばされているけれど、もっと薄くできる。

歯ざわりは、ぎりぎり及第。

味は、文句なし。『百瀬屋』の餡の味も、ようやく落ちついてきた。

後は、速さだ。

金鍔は、誂え菓子ではない。だから本当なら、注文を取って、幾日か待って、ではなく、ひとつ二つなら、思い立った時、気軽に買えるようでなければ、いけない。

今の丁寧さはそのまま、「包み」の速さを上げること。手の中で回す時に、もう少し細かく拍子を刻むといい。一度に動かし過ぎないよう、細かく、小気味よく、変わらない速さで。

そう伝えると、駒吉はきらきらした目で晴太郎に礼を言い、二人の元へ戻った。

お糸は、手渡された金鍔を、晴太郎の指摘を確かめるように、念入りに眺め、一口食べると、溜息交じりで言った。

「うちの金鍔を食べて、従兄さんと茂市っつあんの金鍔が食べたくなるのが、ちょっと情けない」

晴太郎は、おどけて言い返した。

「それは、仕方ないよ。たった半月で綺麗に真似られちゃあ、俺と茂市っつあんの立つ瀬がない」

さっきは、売り物として充分だと告げたが、正直なところ、これが『藍千堂』だったら、絶対に売りに出さない品ではある。

ただ、標を決めて、そこにたどり着いたら、「栗餡の金鍔」は売りに出すと決めたのは、名代であるお糸だ。

余程危うければともかく、他の店の主が、軽々に口を出していいことではない。

また、お糸が急ぐのには訳があることを、晴太郎は承知していた。

ひとつは、伴次がつくった金鍔よりもいいものを、早く世に出したかった。

そうしておけば、もしまた伴次が『百瀬屋』に絡んできても、胸を張って追い返せる。

うちの職人達は、お前より腕がいい、と。

伴次の、東吉達に任せては「栗の季節を幾度無駄にしたか知れねぇ」という言葉を、東吉達の頭から追い払う意図もあっただろう。

何より大きいのが、早く、『百瀬屋』の商いに弾みをつけたかったことだ。

いつまでも傾いたままでは、残ってくれた贔屓客とて、いずれ離れていく。

その前に、ひとつでも看板になる菓子を。

今年の栗の季節に、どうにか間に合わせたいと、お糸は考えていたはずだ。

ただ、それでも、職人達を決して急かさなかったのは、感心した。辛抱強く、信じて待ったから、東吉達もお糸に応えたのだと、晴太郎は思っている。

お糸が、ふいに面を改めて、晴太郎に頭を下げた。

「晴太郎従兄さん。手を貸してくれて、ありがとう」

清右衛門叔父が倒れてすぐ、お糸は頑なに、「自分が『百瀬屋』を立て直す」と思い定めていた。

あの時の従妹《いとこ》は、凛として眩《まぶ》しかったけれど、その頑なさがかえって危ういと晴太郎は心配していた。

それが、時が経つにつれ、周りが見える様になり、聞こえる様になってきて、晴太郎や幸次郎、他の手を借りるゆとりが出た。いいことだと思う。

晴太郎は、笑って告げた。

「お父っつあんの金鍔を継いでくれる職人が増えるのは、嬉しいからね」

相変わらず、三人集まっては、ああでもない、こうでもないと助け合っている東吉達を見て、ふと気になったことを口にしてみた。

「ちょっと、三人とも、ふくよかに、なってないかい」

ああ、とお糸が笑う。

「自分達の失敗作を『勿体ない』『味を覚える』と言って、全て腹の中に収めていたから。三盆白で太るなんて、贅沢な太り方よ」

晴太郎も、くすりと笑った。

「あれだけきりきり働いていれば、すぐに元に戻るよ」

「そうじゃなきゃ、困るわ」

二人一緒に噴き出し、ひとしきり笑い合う。

何かあったのか、と職人三人が、こちらを見ている。

笑いが収まり、静けさが訪れ、お糸がぽろりと、言葉を零した。

「彦三郎さん、可愛い金鍔、喜んでくれたかな。それとも、急ぎ過ぎだと、はらはらして、見ているのかしら」

お糸は、遠い目をして、少し上の宙を見ている。

その視線の先を、晴太郎も追って答えた。

「きっと、喜んでるよ。あのお人は、お糸の幸せが一番だから」

「そうかな」

「ああ」

「彦三郎さんったら、甘いものばかり私に遺していったの」

晴太郎は、お糸が泣いているのかと思った。

だが、変わらず宙を眺めている目に、涙の気配はない。

「『白い金鍔』、甘えん坊のくろ、思わせぶりに遺した百人一首の歌なんか、甘いを通り越して、甘ったるかったわ」

確か、藤原義孝《ふじわらのよしたか》だったか。切ない恋歌だと、彦三郎の最期、お糸に付き添った佐菜《さな》から聞いている。

お糸は、流れるように続けた。

「好きだなって。とても、好きだなって思うのよ。不思議でしょ。彦三郎さんを思い出すたびに、思うの」

その言葉だけをとれば、お糸は、喪った許婚《いいなずけ》の彦三郎を、恋しがっているように聞こえるだろう。

だが、晴太郎は、違うと分かった。

ぽつりと、お糸が呟いた。

「彦三郎さんは、私と一番近い人だった。何を迷っているのか。何が楽しいのか。何もかもお見通しで、支えが欲しい時に手を差し伸べ、励ましが欲しい時には、はっとするような言葉をくれた。元気な時には、同じ方角を向いて真っ直ぐ進もう、と促してくれた。私の恋心は別にあっても、彦三郎さんが私にとって大切で、誰よりも近い人なのは、彦三郎さんが亡くなった今でも、変わらないの。でも、彦三郎さんを思い出すたび、やっぱり娘の時と変わらず、好きだなって。ううん、娘の時よりもうんと、もっと。酷い話よね。あれだけ想ってくれたのに、思い出すたびに違う男への恋心を募らせてるんだから。彦三郎さん、あの世で怒っているかしら。恨んでいるかもしれない」

違ったら、許してください。

彦三郎に、心の中で詫びてから、晴太郎は言った。

「きっと、喜んでるよ」

「え」

お糸が、目を丸くして訊き返した。

晴太郎は、続けた。

「さっき、言ったろう。彦三郎さんはお糸の幸せが一番だ。誰が相手でも、そうやって『想い』を口にすることができて、よかった。きっとあの世で笑ってるさ」

長い静けさの後に、お糸がむっつりとぼやいた。

「なんでこんな話、従兄さんにしちゃったのかしら」

照れてるなあ。

笑いを堪えながら、晴太郎は告げた。

「幸次郎、喜んでたよ。ちゃんと『栗餡の金鍔』を、今年の秋に売り出したこと」

「――そう」

少し長い間を空けて、小さく答えたお糸の頬は、ほんのりと紅《あか》く染まっていた。

三話

読売騒ぎと「挽茶の羊羹」

さあ、さあ。

そこの道行く、兄さん、姐《ねえ》さん。

旦那《だんな》にご隠居《いんきょ》、ご新造《しんぞう》さん、お内儀《ないぎ》さん。

ちょいと足を止めて、あっしの話を聞いてくれ。

神無月《かんなづき》の中頃、てぇことは、つい先だっての話だ。

日本橋《にほんばし》は室町《むろまち》の菓子司《かしつかさ》、『百瀬屋《ももせや》』が新しい菓子を売り出した。

そいつが、なかなか旨いってんで、評判をとった。

『百瀬屋』といやあ、主《あるじ》は阿漕《あこぎ》、跡継ぎのひとり娘は、惚れた男が盗人《ぬすっと》だってぇ噂のある、何かといわくつきの大店《おおだな》だ。

その『百瀬屋』が、また、やらかした。

昔、主が店を追い出した甥《おい》、先代の忘れ形見が、ひっそり菓子司を始めたと思いねぇ。

阿漕な叔父が、どれだけ因業《いんごう》な真似を仕掛けて来ても、必死で店を守ってきたってんだ、泣けるじゃねぇか、ねぇ、そこのご隠居さん。

しかも、忘れ形見の店ってのが、今じゃあ江戸一と呼び声も高《たけ》ぇ『藍千堂《あいせんどう》』だってんだから、吃驚仰天《びっくりぎょうてん》たぁ、このことだ。

『百瀬屋』親子は、もう菓子じゃあ敵わねぇと思ったか、今度は、忘れ形見から取り上げた、先代の菓子帳から菓子を盗んで売り出した。乗っ取りの次は盗みだってんだから、碌《ろく》な店じゃあねぇ。

しかも菓子を盗んだのは、なんと、後継ぎ娘。

さて、そいつは一体、どんな菓子か。

ここまでされちゃあ、『藍千堂』だって黙っちゃいねぇ。

菓子屋の喧嘩、この先どうなる。

知りてぇことは、山ほどだ。どうだい、知りてぇだろう。

知りてぇお人は、この読売《よみうり》を買ってくれ。

昔の話なんざ、忘れちまったよ、なんてぇお人のために、『百瀬屋』主の所業《しょぎょう》に後継ぎ娘の恋の行方、どっちもちゃぁんと、書いてある。

一切合切まとめたもんが、たったの八文《はちもん》。

さあ、買った、買った。

＊

苦い声で、幸次郎《こうじろう》が吐き捨てた。

晴太郎《はるたろう》と幸次郎は座り込んだ。


「やられましたね」

苦い声で、幸次郎《こうじろう》が吐き捨てた。

「やられたな」

晴太郎《はるたろう》が応じる。

『藍千堂』の勝手、ぐったりと疲れた心地で、晴太郎と幸次郎は座り込んだ。

お糸《いと》が、困った顔で笑っている。

三人が囲むのは、板の間に置かれた一枚の読売だ。

この読売の所為《せい》で、物見高い客が『百瀬屋』と『藍千堂』に押しかけた。

読売に載っている金鍔《きんつば》を食べ比べて、確かめようというのだ。

とはいえ、金鍔は高価な三盆白《さんぼんじろ》――上質の白砂糖を使った菓子だ。木戸《きど》横《よこ》の番屋《ばんや》で扱う四文菓子《よんもんがし》のようには、気安く買えない。

そんな野次馬《やじうま》が遠巻きに店を窺《うかが》い、肝心な客が入って来られない。

これでは商いにならないと、『藍千堂』も『百瀬屋』も早々に店を閉め、お糸が『藍千堂』の様子を見に、訪ねてきたという訳だ。

件《くだん》の読売が売られたのが一昨日《おととい》の午過《ひるす》ぎ、昨日の朝から騒がしくなり、今日はこの有様――店じまいである。

伴次《はんじ》が、あの騒動を読売屋へ売った。

それが、三人揃った考えだ。

父の菓子帳、『百瀬屋』の職人三人、詳細に語られた「栗餡《くりあん》の金鍔」の工夫と元となる「潰し餡の金鍔」のつくり方。どれをとっても、あの騒動に居合わせ、父の「覚書」を読んだ者にしか知り得ないことばかり、お糸に対する侮り、東吉《とうきち》達職人の貶《けな》し振りは、伴次の思い込みそのものだ。

あんな奴に、ちょっとでも同情するのじゃなかった。

晴太郎は、内心でぼやいてから、誰にともなく言った。

「読売屋を使うなんて、気の利いた真似をするとは思わなかったな。読売の撒きどころもぴったりだ。『栗餡の金鍔』の評判が上がってきた時を狙いすましてる」

売れ始めの、『藍千堂』の金鍔に似ているが「なんだか違う。でもいける」という、お糸としては手放しで喜べない評判が、徐々に「こいつは美味い」に変わってきた矢先の読売だ。

幸次郎が、つまらなそうに異を唱える。

「あれが、撒きどころを計って辛抱強く待つなんて、気の利いたことをすると思いますか。恐らく、居酒屋あたりで飲んだくれて管《くだ》を巻いているところを、読売屋が見かけ、いい様に話を引き出したんでしょう。どちらにしても、あれは、もう江戸《えど》で菓子職人は出来ません。近いうちに、江戸を発って京《きょう》へ向かうとか。これで、義姉《ねえ》さん、おさち、お糸、皆安心できますね。くだらない読売に一歩遅れたのは、残念ですが」

幸次郎は、伴次をすっかり「あれ」呼ばわりだ。

「幸次郎、お前、何をしたんだい」

晴太郎の問いに、弟は整った笑みで答えた。

「私じゃありません。伊勢屋《いせや》さんです。何でも、『阿米弁糖《アメンドウ》の礼』だそうですよ」

厳しい伊勢屋の小父《おじ》さんが、簡単に助けてくれたのは、珍しいな。

伴次は京で腕を磨いたって話だけど、修業をした菓子屋を頼るのかな。

そんな風に、明後日《あさって》の方へ考えを逸らしていないと、色々物騒なことに気が行きそうだ。

勿論、総左衛門《そうざえもん》はお早《はや》のように「腕に物を言わせて」ということはないだろうが、穏やかな分恐ろしいのも、確かだ。

界隈《かいわい》の顔役《かおやく》とは、どれほどの力を持っているんだろう。

そもそも、総左衛門は、ただの顔役、なのだろうか。

いけない。また埒《らち》もないことを考えていた。

晴太郎は、軽く首を横へ振り、お糸に訊ねた。

「お糸、大丈夫かい」

お糸は、何でもないことのように、肩を竦《すく》めた。

「東吉達は、すっかりしょげているわ。私は、今更だし、平気よ。彦三郎《ひこさぶろう》さんが亡くなった頃に出た読売なんて、私を佐十《さじゅう》さん達の仲間扱いしてたもの。それに比べれば、随分まし。むしろ有難いくらいね」

幸次郎が、忌々し気に告げる。

「あの出鱈目《でたらめ》な話は、岡《おか》の旦那が念入りに潰して下すったんだ。読売屋仲間の間では、あの与太話《よたばなし》を蒸し返したら、八丁堀《はっちょうぼり》に睨まれて商いが出来なくなると、専《もっぱ》らの噂だよ」

お糸が、目を丸くした。

「あら、そうだったの。久利庵《くりあん》先生と一緒に、噂を消して回って下すってるのは知っていたけど、それは初耳ね。今度、お礼を言わなくちゃ」

久利庵は、神田《かんだ》の横大工町《よこだいくちょう》に診療所を構える老医者だ。晴太郎達の母、おしのの育ての親、つまり義理の祖父のようなもので、別れた亭主の元を逃げ出した佐菜《さな》の力になってくれた、晴太郎の恩人でもある。かつては千代田《ちよだ》の城で御匙《おさじ》——将軍家お抱えの医者をやっていたのだが、今は町場で気ままな町医者暮らしを楽しんでいる。「茂市《もいち》の煉羊羹《ねりようかん》」が大好物で、一度にひと棹、ぺろりと平らげてしまう。気短で怒りっぽいが、面倒見が良く、晴太郎の一家は勿論、頼る者が少ないお糸のことも、何かと気に掛けてくれているのだ。

幸次郎が、苦々しく、お糸を窘《たしな》めた。

「私が言いたいのは、そういうことじゃない。あの与太話を今度の読売屋が書き変えてくれたのではない。有難がることなんかない。むしろお糸は、『いい加減な噂をばらまくな』と、腹を立てていいんだ」

幸次郎の怒りを受け流すように、お糸は言った。

「確かに、書きたい放題書いてる人から『気の毒』って憐れまれるのは、ちょっと癪かしら。でも仕方ないわ。私やお父《と》っつあんのことに関しては、殆ど本当の話だもの」

「これのどこが、本当なんだい」

「まったく、くだらないことを」

言い返した晴太郎と、呆れた幸次郎の声が重なった。

読売が、もっともらしく論じているのは、主にこんなことだ。

——当代清右衛門《せいえもん》が、『百瀬屋』欲しさに、先代の忘れ形見、晴太郎と幸次郎の兄弟を追い出した。

——追い出してからも、姑息な嫌がらせを繰り返していた。

――『百瀬屋』の跡取り娘、お糸と恋仲だった男の正体は、盗賊「白椿《しろつばき》の佐十」で、佐十は押し込みに入る下調べのために、お糸を誑《たぶら》かしていた。世間知らずの大店の娘が、恐ろしい災難に巻き込まれたのは、気の毒なことだ。

――実は、「白椿の佐十」もお糸に情が移り、すんでのところで押し込みを思いとどまった。だが、大店の娘と盗賊では結ばれるはずもなく、二人は町方によって引き裂かれた。

――これまでの阿漕な真似の罰が当たったのか、当代清右衛門は病に倒れ、お糸が店を引き継いだが、世間知らずが纏《まと》める店を職人が見放した。残っているのは、役立たずの職人が三人。天下の『百瀬屋』は、すっかり傾いてしまっている。

――窮したお糸が、先代の菓子帳から菓子を盗んだ。それが『藍千堂』の金鍔によく似た、「栗餡の金鍔」だ。

――金鍔は、売れているだけあって良くできているが、その所以《ゆえん》は、ひとえに先代清右衛門が考え出した菓子だ、というところにある。

――腹を立てた『藍千堂』が、亡き父の菓子帳を、『百瀬屋』から奪い返した。

――弟の幸次郎は、商いに長けている。近いうちに『百瀬屋』を乗っ取り返して、兄に『百瀬屋』主の座を返すだろう。

「〆《しめ》は、『続《つづく》』ですか。どこへどう『続く』のか、いっそ楽しみではありますが」

底冷えする笑顔で、幸次郎が読売を握りつぶした。

「ああ、勿体ない。もう一度読みたかったのに」

お糸の不平を聞いた幸次郎の顔が、ほんの刹那《せつな》苦しそうに歪んだ。

「合っているのは、叔父さんが阿漕だったことと、因業なやり口だけだ。なぜ、嘘八百を並べ立てたものを、読みたがる」

お糸は、軽やかに笑った。

「だって、哀しい恋に、世間知らずで愚かな娘の転落。阿漕な悪役は罰が当たり、弟が兄の恨みを見事晴らして、兄弟は返り咲く。まるでお芝居の筋書きみたい。世の人達が好きそうな話ばかりよ。ただ、佐十さんが私と恋仲になっているところは、ちょっと笑っちゃった」

「白椿の佐十」が盗賊だったのは、確かだ。

そして彦三郎は、佐十の手下だった。

佐十は、清右衛門叔父に生家の小豆《あずき》問屋を潰され、父母と弟を喪った恨みから、『百瀬屋』への押し込みを企てた。

お糸に本当に惚れてしまったのは、佐十ではなく引き込み役として『百瀬屋』に入り込んだ筈の、彦三郎だ。

お糸が彦三郎の正体に気づいたことで、佐十一味に狙われた。

彦三郎は、お糸を庇《かば》い、一味の仲間の刃を受け、死んだ。

彦三郎の最期を看取ったのは、佐十でもなく、一味の仲間でもなく、読売で「世間知らず」と侮られている、お糸だ。

彦三郎が、お糸にとって一番近い人なら、彦三郎にとってお糸は、生きる縁《よすが》だった。

これが佐十と彦三郎、お糸の真実だ。

本当の姿を知っていようが知っていまいが、勝手に捻《ね》じ曲げ、端折《はしょ》っていいものじゃない。

それを許しているように、お糸が振舞っているのも、晴太郎は切なくて腹が立った。

晴太郎は、静かにお糸を叱った。

「お糸。そんな風に、言うもんじゃない」

勝手の隅で控えているお早が、勝手からこちらを気にしている茂市が、晴太郎の傍らにいる幸次郎が、気遣わし気な目で、お糸を見ている。

困り顔で、お糸が言った。

「心配かけて、ごめんなさい。投げやりになってるわけじゃないの。あのね、読売の騒動で東吉達がしょげてるって、言ったでしょ」

ああ、と晴太郎は応じた。

「あれは、読売に役立たずだと書かれたことに対してじゃない。あの読売が出たせいで、『栗餡の金鍔』をつくれなくなったことに、落ち込んでるのよ」

幸次郎が、真面目な顔で頷《うなず》いた。

「なるほど。それは、うちの兄と他人とは思えない」

晴太郎は、弟をじとりとねめつけた。

「俺と他人じゃないなら、お前とも他人じゃないからね」

「そういえば、そうですね」

あはは、と、少々行儀の悪い笑い声を、お糸は上げた。

「幸次郎従兄《にい》さん、今、うちのお早とちょっと似てた」

すかさず、お早が遣り取りに交じる。

「あらあ、幸次郎さん。それは一大事ですよぉ。お嫁の貰い手がなくなります」

ぴくり、と幸次郎の口の端が、引き攣った。

お早に目を向けず、ぶっきらぼうの早口で、言い捨てる。

「貰ってくれなくて結構。元々嫁にはなれません」

二人の可笑《おか》しな遣り取りを、楽しそうに聞いていたお糸が、「それでね」と話を戻した。

「思ったの。私も三人みたいに、どんな時も普段通りに振舞えたらいいなって。東吉達は、読売を読んでも笑ってた。役立たずかどうかは、自分達と何の関わりもないお人が決めることじゃない。だから何を言われても、気にならない。自分達の周りにいる人が、決めてくれることだって。格好いいなと思ったから、真似をしてみたんだけど、付け焼刃はうまくいかないわね」

自分の奉公人でも、敬うべきところは敬う。お糸こそ、格好いいよ。

ふう、とお糸は軽い息を吐いて、立ち上がった。

「私は読売のことは気にしてないから、心配しないで。噂なんて、すぐに消えるもの」

*

――ねぇ、ちょいと。聞いたかい。

――何の話だい。

――いやだねぇ、ほら、『百瀬屋』と『藍千堂』のいがみ合いの話さ。

――おや、いがみ合ってたのかい。

――え、だってそうだろう。『藍千堂』の弟が、『百瀬屋』を乗っ取ろうってくらいなんだから。

——それがよお。どうも、『百瀬屋』のお嬢さんが先代の菓子を盗んだってのは、真っ赤な嘘らしいぜ。

——どういうこった。

——久利庵って医者、いるだろう。

——あの、羊羹が大好物の先生かい。

——おお。その久利庵先生が、例の「栗餡の金鍔」を、これこれこういうものをつくってくれと、『百瀬屋』に注文をしたらしいぜ。

——先代の菓子帳に、載ってたんじゃねぇのか。

——そもそも、おかしいじゃねぇか。父親の菓子帳は奪い返したんだろう。なのに、なんで菓子帳の菓子を盗めるんだ。

——で、誰が悪いんだい。

——そりゃあ、『藍千堂』だろうさ。

——え、だって、『百瀬屋』に阿漕な真似をされてたんだろう。

——それはそれ、今度のこととは、話が別だよ。いいかい、考えてもご覧。久利庵先生は、『藍千堂』の長年の贔屓客《ひいききやく》だ。そんなお人がわざわざ『百瀬屋』に注文をするかい。

――ああ、言われてみりゃあ、確かにね。

――患者思いで、一本気の先生が、長年気に入ってた『藍千堂』から、『百瀬屋』へ乗り換えたんだ。『藍千堂』が何かやらかして、久利庵先生を怒らせたって考えるのが、しっくりくるだろう。

――なるほどねぇ。で、『藍千堂』は何をやらかしたんだい。

――そこまでは、知らないよ。

＊

読売のことで話をしてから三日、再びお糸がやってきた。読売騒ぎの時とは打って変わって、お糸は狼狽《うろた》え、済まなそうにしている。

晴太郎と幸次郎が、幾度「お糸の所為じゃない」「すぐに噂は消える」と宥《なだ》めても、肩身が狭そうに、項垂《うなだ》れている。いつものように付き従っているお早も、今日は妙に大人しい。

お糸が、辛そうな顔で訊いた。

「だって、店、閉めてるじゃない」

あっという間に吹き荒れた『藍千堂』への向かい風のせいで、再び店を閉める羽目になった。

店を訪ねてくれる客も、通りすがりの人達の白い目にさらされては、居心地が悪いだろう。

たまにはのんびりしようと思ってね。

言い掛けた言葉を、晴太郎は呑み込んだ。

余計、お糸が気にしそうだ。

本当に大丈夫なんだけどな。

呑気に思った時、慌ただしく表の木戸を叩く音が聞こえた。

幸次郎が立って行く。

すぐに、ばたばたと足音がやって来た。

「おや、久利庵せんせ、うわっ」

久利庵が、ものすごい勢いで近づくや、晴太郎の両肩を摑み、まくし立てた。

「おい、晴太郎。儂《わし》ではないぞ。儂は『百瀬屋』に、菓子の注文なぞしておらん。ましてや、『藍千堂』に愛想をつかしたなど、とんでもない大嘘だ。ああ、お糸、いいところに。なあ、儂はお前の店に、金鍔をつくれと、言ってはおらぬよなあ。儂は、お前の店で晴太郎を悪し様に言ったことなぞ、ないよなあ。頼む、ないと言ってくれ」

久利庵の必死さと息つく暇もない喋り振りに、誰も、口を挟めずにいた。

ひたすら狼狽えている久利庵を、呆気に取られてみつめるのみだ。

連れ立って来たのだろう、二本差しに黒巻羽織姿の同心――岡丈五郎《じょうごろう》が久利庵に近づき、その背中を二度、軽くたたいた。

「もうちっと、落ち着け。誰も、久利庵が何かしたなんざ、思ってねぇよ。なあ、晴太郎」

粋な仕草で腰を下ろし、晴太郎に声を掛ける。

晴太郎は、はっとして、大きく、幾度も頷いた。

我に返ったお糸も、続く。

「久利庵先生、勿論です。さっき、誰がそんな酷《ひど》い出鱈目を言い出したんだろうと、話していたところなんですよ」

しゅう、と久利庵が萎《しぼ》んだ。

ぺたりと、尻餅をつくように腰を下ろし、がくりと項垂れる。

忙しなく空を舞っていた凧《たこ》が、急に落ちてきたみたいだ。

晴太郎は、ちょっと笑ってしまった。

そこへ、がばりと再び久利庵がすごい勢いで顔を上げたので、皆が動きを止めた。

「茂市、茂市はどこだ。儂ではないと、茂市も、信じてくれるか」

普通ではない声で名を呼ばれ、仕事場にいた茂市が、飛んできた。

「久利庵先生、どうなすったんで」

晴太郎にしたように、茂市に縋《すが》りつこうとした久利庵を、岡が止めた。

「悪《わり》ぃな、茂市。久利庵は、『藍千堂』の信用を無くして、『茂市の煉羊羹《ねりようかん》』を食べられなくなることを、心配してるんだ。そんなことはねぇと、言ってやってくれねぇか」

ここは、茂市に宥めて貰うのが一番だろう。

晴太郎は、視線で茂市を促した。

茂市は困ったように笑って、岡に肩を摑まれ、動けずにいる久利庵に告げた。

「そんなこと、考えるまでもごぜぇやせんよ。今まで通り、いつでも、好きなだけ、お求めくだせぇ。たっぷりつくってお待ちしておりやす」

「よかったなあ、久利庵」

岡に明るく背中を叩かれ、久利庵は再び萎んだ。

「一体誰が、そんな噂を流したんでしょうか」

幸次郎の問いに、岡が放るように答える。

「誰でもねぇよ」

「え、それは、どういう――」

幸次郎が訊き返した。

岡の顔は、苦々しく、疲れているようだ。

「誰からともなく、ってのが近ぇかな」

岡は、久利庵に泣きつかれて、少し調べたそうだ。

何の証もなく、「儂ではない」と訴えても、信じて貰えないかもしれない。

調べて分かったのが、「誰からともなく」であった。

これは多分だが、と前置きをして、岡が告げた。

「久利庵は、『百瀬屋』とも『藍千堂』とも、懇意にしてるからな」

すかさず、幸次郎が異を唱えた。

「それは、岡の旦那も同じでは」

「まあ、慌てるな。それに加えて、久利庵の名前ぇが、な」

「あ、そうだ、『くりあん』」

「久利庵先生」と呼ぶのに慣れてしまって、通り名の謂《いわ》れを忘れていた。

甘いもの好き、栗餡好きの「栗餡」から取って、「久利庵」だ。

岡が、はは、とかさついた笑いを零した。

「菓子の名が『栗餡の金鍔』だったからな。何かの拍子に結び付いたか、聞き間違えたか。それが始まりだろう。一方で、あの読売を読んで、お糸を不憫《ふびん》に思う奴が出始めた。

恋に破れ、二親《ふたおや》と別れ、従兄《いとこ》達からは仇の娘扱いだ。芝居みてぇで『可哀想に』ってなもんさ。で、お糸贔屓の連中が言い出した。育ちのいいお嬢さんが、菓子帳から菓子を盗むなんざ、考えられねぇ。もしや誰かが『百瀬屋』に注文をしたんじゃねぇか。だったら、ちょいちょい名が出てくる、久利庵先生に違ぇねぇ。そっから先は、まあ、小石が雪の上を転がるように、あっちで泥つけ、あっちで削られしながら、与太話はでっかくなってった、ってぇ訳さ」

きっと、頭の痛みを覚えているのは、晴太郎だけではないだろう。

お早が、のんびりと縁起でもないことを、呟《つぶや》いた。

「これ、放っておいて、本当に噂は消えるんですかねぇ」

＊

——なあ、江戸で評判の菓子屋同士が、いつまでもいがみ合ってるってのもよくねぇんじゃねぇか。

——そうだなあ、元は親類同士だし、ここは蟠《わだかま》りを捨てて、手打ちをした方がいいんじゃねぇのか。

——でも、ただ手打ちをするだけじゃあ、ずっと煮え湯を飲まされてきた『藍千堂』

は、うんと言わねぇんじゃねぇのか。

——じゃあ、何かい。気の毒なお糸さんに、『藍千堂』へ詫《わ》びを入れろとでも、いうのかい。

——気の毒ってんなら、『藍千堂』の晴太郎さんの方が、気の毒だよ。本当なら『百瀬屋』を継ぐはずだったのに、追い出されちまったんだから。

——ああ、そうだ。腕比べでもすりゃあ、いいんじゃねぇか。恨みっこなしで、どっちの菓子が旨いか。一度正面からやり合えば、互いにすっきりするってもんだ。

——そりゃあ、いい考えだ。誰か、『百瀬屋』と『藍千堂』に教えておやりよ。

——おい、聞いたか。『藍千堂』と『百瀬屋』が、菓子の腕比べをするんだってよ。

——おお、聞いた聞いた。面白そうじゃねぇか。

——どんな菓子で勝負するんだい。

——そりゃあ、金鍔だろうさ。『藍千堂』の看板だし、騒動の始まりが「栗餡の金鍔」だからな。

——いつ、やるのかねぇ。『藍千堂』と『百瀬屋』の「菓子真っ向勝負」。

——金鍔の「真っ向勝負」に決まったんだろう。

――あたしたちも、食べてみたいねぇ。

＊

なぜ、「菓子真っ向勝負」とやらをやることが、既に決まっているのだろう。

晴太郎は、いくら考えても分からなかった。

当人である晴太郎は、ただの一度も噂話に加わったことがない。それはお糸も同じだ。

どうして、こんなことに――。

晴太郎に幸次郎、茂市、お糸とお早、『藍千堂』の勝手に集まった面々も、晴太郎と同じ気持ちらしい。

誰も彼も、疲れた顔で、口を開こうとしない。

そうやって黙りこくったまま、どれほど時が流れたろう。

勝手の土間から、お早が呑気に言い放った。

「いろんな勝負が、出回ってますねぇ。沢山売った方が勝ち、とか、茶道道楽に食べて貰って決めるとか。ああ、同じものつくって、どっちがつくったか分からないようにして、互いに食べてみる、なんてのもありましたね。私は、猫が旨そうに食った方、ってのが、面白そうかと」

どうします、とからかい口調でお早に問われ、晴太郎は顔を上げた。

「俺は、このまま、世間様の言う通りに流されるのは、辛抱ならない。みんなはどう思う」

真っ先に、幸次郎が答えた。

「顔も知らない他人に、手をこまねいたまま、好き放題に言われ、挙句いい様に動かされたとなれば、お父っつあんには叱られ、伊勢屋さんには見限られます」

「従兄さん達の金鍔と腕比べなんて、最初《はな》から勝負がついているじゃない。うちの職人に、無駄なことはさせたくないの」

とは、お糸だ。

茂市は、

「坊ちゃま方、お糸お嬢さんのお決めになったことに、否やはありやせん。ですが、どう思うかって聞かれりゃあ、気に食わねぇ、の一言でごぜぇやす」

と、珍しく毒を含んだ物言いだ。

晴太郎は、皆の顔を見回して、うん、とひとつ、頷いた。

＊

――『藍千堂』と『百瀬屋』が一緒に菓子の折り詰めをつくるんだってね。

――いがみ合ってたんじゃあないのかい。

――いがみ合ってたら、商いで手を組むなんてできないよねぇ。

――ひょっとして、仲がいいのかね。

――それはそうと、「菓子真っ向勝負」は、どこへいっちまったんだい。

＊

栗の季節の仕上げに、『藍千堂』と『百瀬屋』で同じ菓子の折り詰めを売ることになった。

薄い杉の板で、上菓子二つ分入る箱をつくり、『藍千堂』と『百瀬屋』の菓子を、二つ並べて詰め、二つの店で一斉に売る。

二つでひとつの折り詰めは、「お互い様」と銘打った。いがみ合っている、真っ向勝負なんて、とんでもない、という意味だ。

幸次郎に、総左衛門の許しを貰うよう頼んだところ、「面白いことを考えたね。好きにしなさい」と二つ返事だったそうだ。

お糸が名代《みょうだい》の『百瀬屋』には、もう蟠りはないらしい。

折り詰めの箱の手配、売り方は、お糸と幸次郎が差配してくれることになった。

『百瀬屋』の菓子は、「栗餡の金鍔」だ。

幸次郎に、「あとは、うちの菓子だけですよ」と言われ、晴太郎は考えた。

『百瀬屋』で、「栗餡の金鍔」に使う栗を見た時から、閃《ひらめ》いていた菓子があるのだ。

ただ、ほんの少し迷いがある。

早く決めなければ、ならないのだけど。

思い悩んでいるのを見透かしたように、茂市がどうしたのかと、問うてきた。

晴太郎は、切り出した。

「茶席の誂《あつら》え菓子では出来ないけど、一度菓子に使ってみたいものがあってね。栗や三盆白と相性がいいと思うんだけど」

茂市が首を傾げた。

「何でごぜぇやすか」

「挽茶《ひきちゃ》。綺麗な緑色の羊羹をつくろうと思って。挽茶のほろ苦さが、栗の砂糖煮の甘さに合うと思わないかい」

茂市が唸った。

「なるほど、そいつは面白ぇ」

茶席での菓子は、茶の邪魔をしてはいけない。誂え菓子の鉄則だ。

茶と味や色が重なる挽茶の菓子は禁じ手のようなもので、茶席ではまず出てこない。そもそも挽茶を使った菓子なぞ、考えもつかないというのが、当たりだろう。

茶席に出さない誂え菓子にしても、白餡を緑に染めるだけなら、菓子用の染料の方が使い勝手もよく、鮮やかな色が出る。

ほろ苦い菓子というのも、なかなか受け入れて貰えないだろう。

だが晴太郎は、爽やかな苦みと香りが、讃岐《さぬき》物の三盆白に、きっと合うはずだと考えていた。

茂市が、子供のような笑顔を見せた。

「もう、晴坊ちゃまの頭ん中では、挽茶の菓子が出来上がってるんでごぜぇやしょう」

晴太郎も、悪戯《いたずら》な笑みで答えた。

「うん、まあね」

「でしたら、何を迷っておいでで」

「お父っつあんなら、決してやらない」

応じた茂市は、僅《わず》かな迷いもなかった。

「よろしいんじゃあ、ごぜぇやせんか」

「いいのかな。俺は、お父っつあんの味を継ぐ約束で、茂市っつあんから店を譲り受けたのに」

「坊ちゃまの思った道を、まっすぐに。菓子と真摯に向き合うことが、親方の味を継ぐことになりやす。親方なら、『面白いことを考えたね。好きにしなさい』っておっしゃいやすよ」

晴太郎は、悪戯に笑う茂市の顔を、まじまじと見た。

「それ、伊勢屋の小父さんの台詞」

まあ、お父っつあんも、小父さんも、同じことを言うだろうな。

心は決まった。

後は踏み出すだけだ。

茂市が、穏やかな声で晴太郎を押した。

「晴坊ちゃま。とうに、道はわかれておりやすよ。わかれても、親方は、坊ちゃまのお味方です」

「ああ。そうだね」

自分の返事を、晴太郎は噛み締めた。

茂市に「挽茶を使った羊羹」の話をした次の日、晴太郎は早速試しにつくってみることにした。

挽茶は、肌理《きめ》が細かく、色も香りもいいものを、贔屓客の茶道の宗匠《そうしょう》から分けて貰った。

　栗は、『百瀬屋』で使った栗と同じものを仕入れた。合わせて売るのだから、栗の味も合わせた方がいいだろう。お糸は抜かりなく、味が濃く、ほっくりとしたいい栗を仕入れていた。

　その他に、前の晩、下拵《したごしら》えを済ませておいた寒天、砂糖は、こくのある讃岐物の三盆白で揃えた。それから、普段『藍千堂』で炊いている白餡。白羊羹なら大角豆《ささげ》の漉《こ》し粉を使うが、水気の多い羊羹の種に直《じか》に混ぜると、挽茶が溶けきれず、斑《むら》ができそうだ。濃茶《こいちゃ》を点《た》てて混ぜることも考えたが、菓子に使ったことがない挽茶の量は手探りにならざるを得ない。水物《みずもの》の濃茶では、羊羹の水加減が難しくなる。

　そこで晴太郎は、挽茶を白餡に混ぜることにした。

　挽茶の苦さを和らげる為には、いつもより砂糖を多く使った方がいいだろう。こちらも手探りだから、餡を甘く炊くのではなく、出来上がった白餡に砂糖を足す。

　味と色味を見ながら、二度つくり直し――一度は挽茶が多すぎで苦くなりすぎ、もう一度は砂糖が多すぎ、後から使う栗の甘みを消してしまいそうだった――、普段の羊羹よりもほんの少しだけ厚みが出るように羊羹船に流し入れ、冷えて固まるのを待つ。

　濃茶よりも、少し落ち着いた色合いの羊羹が出来上がった。

「棹に仕立てねぇんですかい」

固まった羊羹をひと棹ずつに切り分ける様子のない晴太郎に、茂市が訊いた。

「うん。丸くする」

茂市が一度眼を瞠《みは》り、次いで楽し気に笑った。

「まる、でごぜぇやすか。そいつは、可愛い菓子になりそうだ」

喜ぶお糸の顔が、目に浮かぶな。

古馴染《ふるなじ》みの金物職人に頼んで、固まった羊羹を丸く抜く、筒状の金型を二種つくって貰った。『百瀬屋』の「栗餡の金鍔」と同じ大きさのものと、ひと回り小さいものだ。金物職人は、渋い顔で「また、みょうちきりんなものを」と文句を言いながら、その日のうちにさっとつくってくれた。

初めに、大きい金型でひとつ抜く。下から半寸のところで糸を使って真横に切り、上の厚い筒の方を、ひと回り小さい型で更に抜き、外側を平たい丸の上に戻す。

竹でつくった蕎麦猪口《そばちょこ》のような見た目になった。

残った芯は、茂市に味見して貰ったが、一口で目がすっと細くなり、口許が緩む。茂市の「旨い顔」だ。

羊羹でつくった蕎麦猪口の中に入れるのは、栗だ。

皮ごと茹でた栗の実をくり抜いて擂《す》り潰し、砂糖を足しながら良く練ったものを、

「蕎麦猪口」に入る大きさの茶巾に絞る。仕上げに、栗の茶巾絞りが隠れるように、栗の砂糖煮を細かく刻んだものをたっぷりかけて、出来上がりである。

少しほっくりした味わいの茶巾絞りと、しっとりとした刻み栗、異なる栗の味を楽しめる仕掛けだ。

刻み栗は、色合いも大きさも、「栗餡の金鍔」の上に乗せるものに合わせた。

二つ並べた時に、菓子の大きさ、飾りの栗が揃っている方がきっと「可愛い」から。

いつの間にか仕事場に入ってきていた幸次郎が、弾んだ声で訊いた。

「菓子の名を、どうしましょう」

晴太郎は、少し考えて答えた。

「『お互い様』の片割れだからね。あちらが『栗餡の金鍔』なら、これも『挽茶の羊羹』でいいんじゃないか」


「今年のこの季節、三日だけ。注文なしの早い者勝ち」という触れ込みで、『藍千堂』と『百瀬屋』で売り出した「お互い様」は、三日とも、恐ろしい勢いで売れた。

三日の間は、注文を貰っていた誂え菓子の他は、茂市と二人、ひたすら「挽茶の羊羹」をつくり続けた。

売り手は、『伊勢屋』から『百瀬屋』にだけ、出して貰った。

『藍千堂』は、上機嫌の幸次郎がひとりで、全ての客を綺麗に捌《さば》いて見せた。

久利庵は、三日、『藍千堂』と『百瀬屋』、両方に並んで手に入れたそうで、「どちらも旨かった」と、恵比須顔だった。

自分の通り名に使うほどの「栗餡」好きに気に入って貰えて、一安心だ。

三日目、店を閉めてから『百瀬屋』へ様子を見にいくと、職人三人は勝手の隅で座り込んでいた。余程疲れたらしい。

お糸は、しゃんとしていたが、目許に疲れが滲んでいる。

「お互い様」は、見た目も味も大評判で、「やはり『百瀬屋』と『藍千堂』は、仲が良かったのだ。あの読売はあてにならない」と、もっぱらの噂らしい。

菓子の大きさと栗、名付けを合わせておいて、よかった。

心配していた伴次や野次馬の横やりも入らず、すべてが上手く回り、丸く収まったはずなのに、茂市が顰《しか》め面をしている。

「『藍千堂』と『百瀬屋』の真っ向勝負」なぞという騒ぎを避けるために、「お互い様」をつくったのに、「真っ向勝負番付」なるものが、売られているせいだ。

番付なのに、比べられているのは『藍千堂』と『百瀬屋』だけ。それも、「お互い様」に入れた菓子の味比べではなく、「栗餡の金鍔」と、『藍千堂』の「潰し餡の金鍔」だ。

勝ったのは、『藍千堂』の「潰し餡の金鍔」である。

お糸も職人三人も、さっぱりした顔で、わざわざ番付にしなくても、そんなことは分かっているのに、と笑った。

一方で、番付のついでとして、詳しく綴《つづ》られたそれぞれの金鍔の但し書きは、どちらもしっかり味わって書いてくれたらしい。東吉達は「あっしたちの足りないところ、拙いところを、教えて貰いやした」と、神妙な顔付きで、幾度も番付を読み返していた。

晴太郎のつくった「挽茶の羊羹」は、思いがけないことに、茶道をたしなむ客に大層喜ばれた。

挽茶を譲って貰った茶道の宗匠に「茶道好きなのだから、挽茶の味を好むのは当たり前だろう」と、呆れられた。

佐菜は、鮮やかな色の対比が綺麗だと、言ってくれた。

さちは、挽茶の苦みが苦手だったらしく、困った様に笑ったので、挽茶の羊羹を晴太郎が腹の中に片付け、さちには栗の茶巾と刻み栗だけ渡したら、「とと様、綺麗な菓子が台無しです」と叱られた。

『百瀬屋』では、「挽茶の羊羹」を初めて見た職人三人が、その場に張り付いたまま動かなかったので、大変だったと、お糸に聞かされた。

ようやく、「お互い様」が残した熱のようなものが引き、落ち着きが戻って来た昼下がり、晴太郎は、西の家近くの神田川の畔《ほとり》で、お糸と待ち合わせをした。

お糸には「二人で話がある」と言ったが、晴太郎には、もうひとつ、企んでいたことがあった。

堤を上がった先、下生えがしっかり残る辺りに二人並んで座って、川面を眺める。

猪牙舟《ちょきぶね》の船頭の唄う甚句《じんく》が、冷たさを増した風に乗って聞こえてくる。

お糸が、言った。

「『挽茶の羊羹』、さすが従兄さんね。私や東吉達には、何年経っても、きっと考え付かない」

ちょっと怖い笑みなのは、なぜだろう。

「一生追いつけないなって、思っただけよ」

どうやら、また顔色を読まれたようだ。

「浮かない顔ね」

心配そうなお糸に、晴太郎は答えた。

「寂しいのかな」

「寂しいって」

「お父っつあんの道から、俺はわかれてしまった」

少し、切ない気持ちで打ち明けたのに、お糸にあっさり「そうね」と言われ、晴太郎はお糸の顔を見た。

恨めし気な目になったのは、許して欲しい。

お糸が、晴太郎から川面へ視線を移し、言った。

「だって、『百瀬屋』だってそうだもの。これから進むのは、先代が引いてくださった道とは、違う道よ」

先代清右衛門――父の菓子は、全ての材料が馴染んでいて、ひとつだけ主張することはない。鮮やかなのに品よく、どの菓子にも絶妙なまとまりがある。

だから「挽茶の羊羹」は、父なら絶対につくらない。

挽茶と栗は良く合うが、馴染んではいない。挽茶の爽やかな苦みも、栗のほっくりとした甘みも、どちらも同じだけ、際立ち、引き立て合う。「挽茶の羊羹」はそんな菓子なのだ。父から見れば、「しくじり」の菓子だろう。

だが晴太郎の菓子は、違う。驚き、喜び、美味しさが軸となっている。使った材料の味も生かしたい。まとまっていなくても、それぞれの味が引き立て合って、美味しければ、それはあり、だ。

そして、お糸が目指す道は、食べた人が、ああ、この味だ、変わらないと、安堵の息を吐くような菓子だ。思い浮かべた味を決して裏切らない、菓子。

父、晴太郎、『百瀬屋』。同じ道の先を目指していたはずなのに、いつの間にか、わかれた道は、どこへ向かっているのだろう。

お糸が、静かな声で、音にしなかった晴太郎の呟きに答えた。

「道はわかれたって、私や晴太郎従兄さんの進む道に並んで、伯父さんの道は、続いてるわ。だって、私も従兄さんも、目指すのは、初代清右衛門の明るくて生真面目な、菓子道だもの。食べた人を幸せにする、菓子の道よ。その幸せの色は、いくつあったっていいじゃない」

晴太郎は、お糸の言葉を長い事噛み締めてから、立ち上がった。

「従兄さん」

どうしたの、とお糸が訊く。

晴太郎は、笑った。

「お糸に、教えられたな。その礼に、ちょっとした贈り物だ」

ようやく来たな、幸次郎め。

堤を上がって来る幸次郎にすれ違い様、囁きかける。

「いい加減、少しはお糸を安心させてやれ。恋女房持ちの兄ちゃんからの、教えだ」

結び　笑う幸次郎《こうじろう》

やられた。

幸次郎は、堤の下生えに座るお糸《いと》を見て、ようやく兄の企みに気づいた。

お糸が、驚いた顔をしている。ちょっとくらい、頬を赤らめてくれたっていいのに。

兄さんが座っていただろう、下生えの倒れた辺りに、腰を下ろす。

お糸は、何も言わない。

甚句《じんく》を歌う船頭《せんどう》の澄んだ声が、辺りに響く。

幸次郎は、心中で彦三郎《ひこさぶろう》に、語り掛けた。

お糸の「一番近く」と「同志」は、お前さんに譲ります。

その代わり「恋心」と「支え役」は、私が貰います。

そこから先は、そうですね、おいおい競い合いましょう。あの世の住人だからって、遠慮はしませんよ。

「ねえ、幸次郎従兄《にい》さん」

ふいに呼ばれ、幸次郎は我に返った。

「どうした」

お糸は、幸次郎を見ないまま、何のてらいもなく、あっさり告げてきた。

「私、やっぱり幸次郎従兄さんのこと、好きよ」

ほんの少しの間を空けて、同じように、幸次郎もあっさり返した。

「奇遇だな。私と同じだ」

今度は、長い間が空いた。

ちらりと盗み見たお糸の耳朶《みみたぶ》は、鮮やかな赤に染まっていた。

弾かれたように、お糸が幸次郎に振り向いた。

耳朶の赤みが、柔らかそうな頬に、華奢《きゃしゃ》な首に、広がる。

「え、同じって。好き。す、き——」

なんだ。可愛いじゃないか。

幸次郎は、微笑んで、どうした、という風に首を傾げた。

ぶわっと、お糸の顔じゅうに、朱が散った。

がばりと立ち上がり、何やら口走る。

「わた、わたしっ。西の家、そうだ、西の家っ。お佐菜《さな》さんに——」

そこまで言って、急に駆け出す。

きっと、義姉《ねえ》さんに狼狽《うろた》えながら泣きつくのだろうな。
思い浮かべるその姿を、幸次郎は、また「可愛い」と思った。
それにしても、お糸の足が、あんなに速いとは思わなかった。
転ぶことなく堤を駆け下り、ほっそりした背中が、見る間に小さくなっていく。
こらえきれず、笑いが込み上げた。
こんなに、思い切り、声を上げて笑ったのは、いつ以来だろうか。
これから、どんなお糸が見られるのだろう。
そう思うと、幸せが込み上げてきて、幸次郎はまた笑った。

文春文庫

わかれ道《みち》の先《さき》
藍千堂《あいせんどう》菓《か》子《し》噺《ばなし》

定価はカバーに表示してあります

2024年7月10日　第1刷

著　者　田《た》牧《まき》大和《やまと》

発行者　大沼貴之
発行所　株式会社 文藝春秋

東京都千代田区紀尾井町 3-23　〒102-8008
TEL　03・3265・1211(代)
文藝春秋ホームページ　http://www.bunshun.co.jp

落丁、乱丁本は、お手数ですが小社製作部宛お送り下さい。送料小社負担でお取替致します。

印刷製本・TOPPANクロレ

Printed in Japan
ISBN978-4-16-792247-4